宰相
の器を持つ
小役人の
辺境のんびりスローライフ
出世できず左遷されたはずが、
なぜか周りから頼られまくっています
あわむら赤光
イラスト TAPI岡

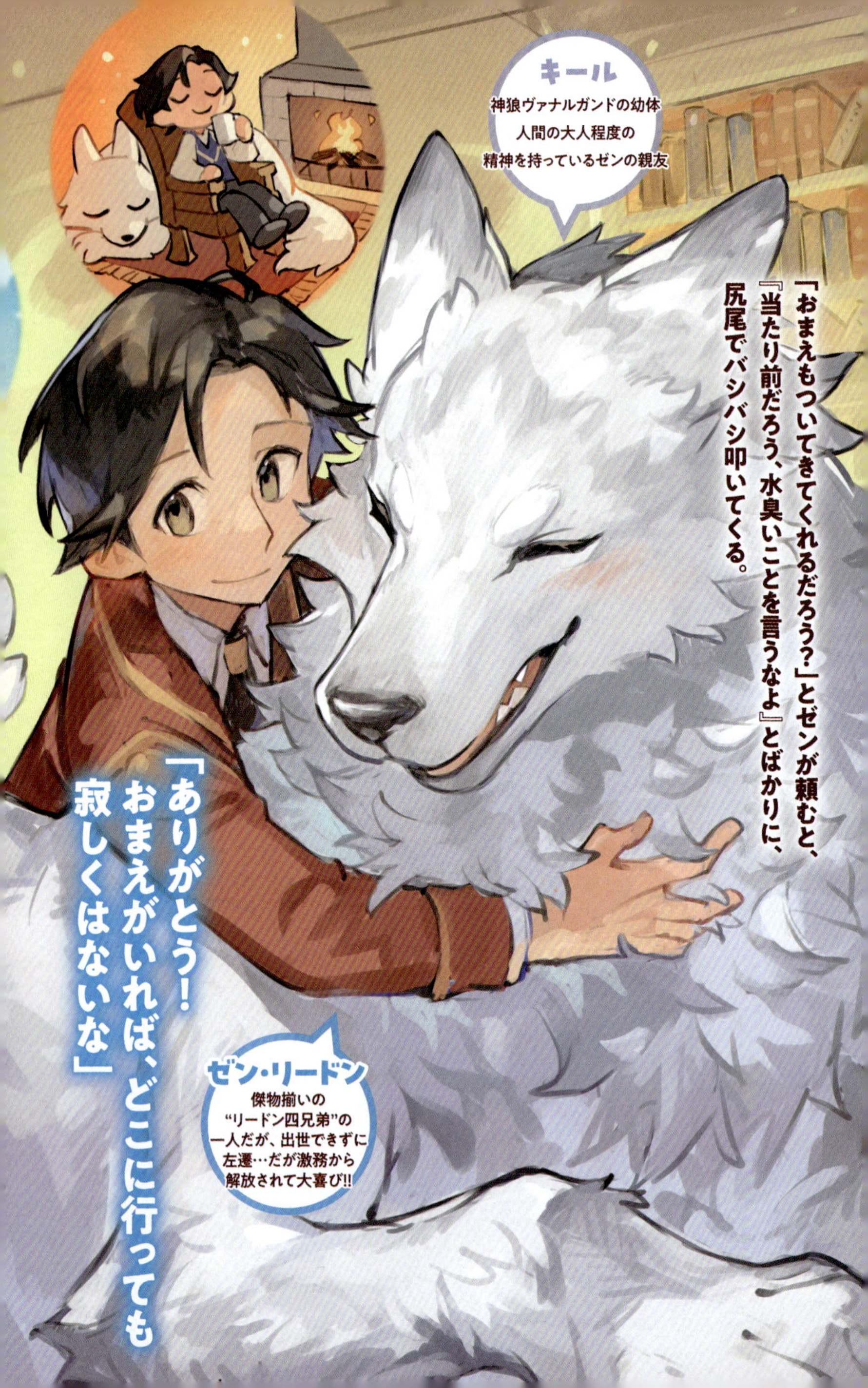
キール
神狼ヴァナルガンドの幼体
人間の大人程度の
精神を持っているゼンの親友
「おまえもついてきてくれるだろう？」とゼンが頼むと、
『当たり前だろう、水臭いことを言うなよ』とばかりに、
尻尾でバシバシ叩いてくる。
「ありがとう！
おまえがいれば、どこに行っても
寂しくはないいな」
ゼン・リードン
傑物揃いの
“リードン四兄弟”の
一人だが、出世できずに
左遷…だが激務から
解放されて大喜び!!

エリシャ
先代皇帝の一人娘で、
現皇帝に狙われている皇女
ゼンが父となり左遷先で
匿うことに
「これからはエリシャと
呼んでください――『お父様』」

「はい、『お父様』――あーん」

「それは『父娘《おやこ》』じゃしないだろう!?」

「なぜ貴殿が魔術を使える!?」

シルツ
現皇帝がエリシャの
暗殺に放った
“金剛寺”の術僧
「そりゃ僕も魔術師だからに
決まっているだろ？」

CONTENTS

第一章　出世できない男　003

第二章　初恋事情と宮廷事情　028

第三章　「親子」の初触れ合い　056

第四章　辺境暮らしの幸先　073

第五章　仕事人間ここにあり　099

第六章　魔物討伐　145

第七章　ゼンの真価　184

第八章　十二月二十日　205

第九章　「父親」の務め　229

エピローグ　280

saishou no utsuwa
wo motsu
koyakunin no
henkyo nonbiri slow life

宰相の器を持つ小役人の辺境のんびりスローライフ

出世できず左遷されたはずが、なぜか周りから頼られまくっています

あわむら赤光

イラスト TAPI岡

saishou no utsuwa
wo motsu
koyakunin no
henkyo nonbiri slow life

第一章　出世できない男

ゼンは「人柄だけが取り柄の小役人」と、同期たちから陰口を叩《たた》かれていた。

「上の三人のご兄姉方は優れているのに、あなたはまるで出涸《でが》らしだ」と、面と向かって言われたこともある。

実際、大臣や能吏を代々輩出してきた名門リードン家に生まれながら、十五歳の時に上級官吏登用試験をギリギリの成績で合格し、以来うだつの上がらない役人人生を送っている。

二十九歳の現在になるまでずっと、帝都の中央官庁を次々とたらい回しにされ、悪く言えば「使いっ走り」、良く言っても「便利屋」扱いをされてきた。

激務、激務で忙しいばかりで、出世とは無縁。

恋愛をする暇もなかった。

ともに登用試験に受かった同期たちは、順調にエリート街道を歩み、幸せな家庭まで築いているというのに。

先日の飲み会では、「また転属辞令が出るんだって？」「ゼンは省庁コンプリートを目指してるんだよな？」と笑われた。

そして本日――カタラン帝国暦一一七年十月一日。

目抜き通りの街路樹も、紅葉を迎える秋の候。

ゼンは新たな転属辞令を受け取るため、宮殿へと出仕した。

なんと今回は式部尚書（人事を司る大臣）から直々に、お達しがあるという。

次はいったいどんな特殊な部署に送られるのか、ゼンは覚悟して臨む。

金竜宮《ゴルドラガーン》は落成時に、初代皇帝ジュリアンの盟友にして黄金の鱗《うろこ》を持つドラゴンが、天守の屋根に乗った拍子にうっかり大きな爪痕を残してしまうというアクシデントを、逆に吉事・祝福と見做《みな》した洒落《しゃれ》からそう名づけられた。

そんな歴史ある宮殿の、正面から入ってすぐが六省の本庁が集まる前廷となっており、式部尚書の執務室もその一角にある。

ノックをすると一秒の遅れもなく「入れ」と、若々しくも厳格な声で許可された。

ゼンは背筋を正して入室する。

ただし緊張はしていない。

なぜなら式部尚書は立場こそ雲の上の存在だが、他ならぬゼンの実の兄だからだ。

兄弟仲は良好だし、昨夜だって家で楽しく夕食を一緒にした。

ただ公私混同のけじめはつける人なので、辞令の内容を先に教えてはくれなかったけれど。

〝リードン四兄弟〟の長兄で、名はヨヒア。

一言、政治の怪物だ。

在職十年。また当時二十八歳での大臣職就任は、名門リードン家の歴史においても異例の、最年少記録である。

いつまで経っても下っ端役人のゼンとは大違い。

実に容貌まで違う。父母とも同じだし、面影だって似ているのに、まるで風采《ふうさい》の上がらないゼンに対し、ヨヒアは如何《いか》にも切れ者然としたハンサム。

ゼンはいつまで経っても「官服に着られている」と揶揄《やゆ》されるのに、ヨヒアは式部尚書の正装である豪奢《ごうしゃ》な絹服を「従えているかのよう」に完璧に着こなしている。

そんな立派な兄が、冷淡な口調で切り出した。

「仮にも兄弟で、よそよそしい挨拶は無駄だ。本題に入らせてもらう」

多忙の中、一秒でも早く済ませたいという態度だ。

(だったら仮にも尚書閣下が、わざわざ呼びつけなくてもいいのに)

とゼンは苦笑いを堪《こら》える。

世間では「厳格を通り越して冷酷」などと評される長兄だが、仕事ぶりが公正無比なだけで、根は思い遣《や》り深い人だということをゼンはちゃんと知っている。

今の台詞《せりふ》と態度だって要するに、「今日は立場上、酷なことを言わないといけないから、心の準備をするように」という配慮なのだ。ゼンがいきなりショックを受けないように、わざわざ前置きしてくれているのだ。

そしてそもそもの話、書面一通での通告で済むものを、尚書閣下が口頭で辞令をくださること自体が、気遣い以外の何物でもない。

執務室には尚書付きの秘書官四人も机を並べていて――彼、彼女らの手前もあり――兄ヨヒアは事務的な態度で続けた。

「今の職場でも、雑用に励んでいたそうだな」

と何やら書類をパラパラとめくり、目を通しながら言う。

恐らくはゼンの上司に書かせた報告書だろう。

この半年間、ゼンが財務庁主税局で、如何に帳簿仕事と悪戦苦闘していたか、詳細に記載されているに違いない。

「おまえはいつまでこんなことを続けるつもりだ？」

「それは目の前の仕事がある限り……定年退職するまでですが？」

「雑用ばかりにかまけてないで、いつ出世するのかと訊《き》いているんだ」

ヨヒアにぴしゃりと言われて、ゼンは首を竦《すく》める。

（兄上は人事庁の上にいるラスボスなんだから、だったら僕を出世させてくれればいいのに）

内心ぼやくが、そういう問題ではないのはわかっている。

いくらヨヒアにその権力があっても、なんの実績もなしに弟を引き立ててれば、縁故《コネ》人事だと周囲に叩かれてしまう。

カタランは建国から百年経った今でもなお、健全なことに実力主義が徹底されているのだ。

要するにヨヒアは「目覚ましい手柄を立てろ」と言っているわけだが、簡単に立てられるものなら誰も苦労はしない。

同期たちは与えられた仕事はほどほどにこなしつつ、自分のスキルを高めたり、人脈作りに勤しんだり、国策レベルの企画を立案してコンペに提出したりしている。

そうやってエリート街道を驀進《ばくしん》している。

一方、ゼンは目の前の仕事を疎《おろそ》かにできない性分だった。

それらを力半分で軽々こなせるような才覚もなかった。

結果、一応は中央官僚の端くれでありながら、「雑用」と揶揄されるような仕事を処理しているだけで毎日、忙殺される。そして、配属部署の仕事をようやく一人前にこなせるようになったころには、またすぐ次の部署への転属辞令をいただいてしまうという状況なのである。

しかも建設庁都市局から教育庁図書局へ、あるいは裁判局から造幣局へといった職掌に関連の乏しい、脈絡のない異動ばかり。

まさしくたらい回し状態だ。

それでもゼンは不平不満を口にしたことはない。

「僕なりに頑張ってはいるのですが……」

「職務に精励するのは当然のことだ。その上でリードン家の者ならば、結果を出さなくてはならないのだ」

（それを言われると辛《つら》いなあ）

ゼンとてリードンの家名を汚すまいと、この十四年間ずっと必死に働いてきた。

いや、丸一年かけて行う地獄の上級官吏登用試験や、その合格のための勉強時間も含めれば、物心ついた時からずっと努力の日々を送ってきた。

毎年三百六十日、ほとんど休まずにだ。

そんなゼンの積年の血と汗を――長兄は一言で否定した。


「ゼン。おまえはもう頑張らなくていい」


一瞬、何を言われたのか理解できなかった。

当惑するゼンに、ヨヒアは畳みかけてくる。

「今日付けで転属の辞令を出す。シーリン州ナザルフ県にあるトッド村の役場が、おまえの新しい職場だ」

そこは帝国でも最南端に位置する、辺境部だとゼンは記憶していた。

誰もが羨む中央官庁から一転、ド田舎の村役場へ――つまりは左遷だ。

それも懲罰人事にしたって、通常あり得ないレベルの。

「口さがない者たちは、おまえをリードン家の面汚しだと噂《うわさ》している。反駁《はんばく》も難しい。実際、三十にもなってまだ本省室長クラスにもなれないなど、我が家では前代未聞のこと」

「いえ閣下、僕はまだ二十九になったばかりで――」

「ならばあと一年で出世すると、約束できるか？」

「………」

ヨヒアに冷厳な眼差しで一睨《にら》みされ、ゼンは黙りこくった。

長兄の迫力に呑《の》まれたというよりは、できない約束をその場凌《しの》ぎで口にするのが、自分の主義に反した。

「問題は、おまえが登用試験を突破したのが、何かの間違いだったという声が出ていることだ。父上の七光りではないのかと疑う声もな」

「……面目ないです」

「わかるな、ゼン？　これは我が家の事情で収まる話ではないのだ。帝国の人事は公明正大でなければならないという問題だ。ゆえに潔白を晴らすためにも、おまえを辺境の閑職に飛ばす。官僚としての未来はもうなく、実質的に一足も二足も早い余生というわけだ」

だから、もう頑張らなくていい——と先の長兄の言葉の意味が理解できた。

「異議はないな、ゼン？」

有無を言わさぬ口調で命じるヨヒア。

しかしゼンからすると、信じられない想いだった。

「あの……兄上。本当に僕を……辺境送りに？」

だから、確認せずにはいられなかった。

声が震えそうになるのを、必死に堪えた。

その様子を見た長兄が、一瞬だけ瞳を揺らす。そこに末弟への憐憫《れんびん》の色を湛《たた》える。

冷厳で知られるこの人が、感情を顔に出してしまう。

だがすぐに断ち切るように瞼《まぶた》を閉じると、毅然《きぜん》とした態度で告げた。

「二言はない。恨むならこの私を恨むといい」

そして、もう出ていけとばかりに手首の先を振った。

ゼンに否やはない。

丁重に一礼し、執務室を辞す。

表情を殺し、胸中に湧いたこの激しい感情が、溢《あふ》れ出してしまわないように努力する。

廊下に出て、扉を閉めて、それでも周囲の耳目に配慮し、心の内で叫ぶ。


(や――――やったあああ左遷だあああああああああああああああああああああっ!!)


こんな無邪気に喜べたのは、子供の時以来だろうか?

廊下を行く式部省の役人たちの姿がなければ、今すぐに踊り出したい。

長兄の前でも歓喜が声や表情に出てしまいそうで、押し殺すのに必死だった。

(もう働かなくていいんだ!　もう頑張らなくていいんだ!)

そもそもゼンはリードン家なんぞに生まれてしまったがために、したくもない努力や宮仕えをしてきただけだ。

ただ家族のことは大切に想っているので、せめて皆に恥をかかすまいという一心だった。

自分が黙々と馬車馬の如《ごと》く働いてきた理由は、今やそれ以上でも以下でもない。

立身出世などとっくに興味もなかった。

ゆえに長兄は心を鬼にして沙汰を下したつもりだろうが、ゼンからすれば辺境送りなんて僥倖《ぎょうこう》でしかないのである。

（仕事もせず読書に耽《ふけ》っている、窓際族の人たちがずっと羨ましかったんだ。新しい趣味を始めるのもいいいな。釣りなんかどうだ？　田舎だし、きっと自然が豊かなことだろうな。ああっ、今から行くのが楽しみだ！）

帝国の地理をざっくりと述べると、西は大洋に臨み、北は平原が広がり、東は山岳が多く、南は森林に覆われる。

ゼンが赴くのはその南。のどかな湖畔で釣り糸を垂らす様を想像し、すっかりその気になった。

晴れ晴れとした気持ちで下城する。

見上げれば雲一つなく、お天道様までゼンの辺境行きを祝福してくれているようではないか。

一足早い余生、万歳！

†

しかし弟の心、兄知らずというもので――

（いくら帝国のためとはいえ、可愛《かわい》い弟に苦労を強いらねばならんとはな……。いや、許してくれ

などと口が裂けても言える立場ではないが）

ゼンが執務室を辞した後、ヨヒアは嘆息した。

四人の部下たちに気取られぬよう、こっそりと。

特に最年少（とはいえ二十九歳）の女性秘書官が、もの言いたげな目でこちらをじぃーっと凝視している。

ヨヒアは部下たちに一息入れるよう命じた上で、その彼女に雑談を振る。

「君は確か、弟のことを高く買ってくれていたのだったな」

「はい、閣下。四十までに尚書になるという私の計画がもし崩れるとしたら、それはゼン先輩の後塵《こうじん》を拝した時だと思っておりましたから」

そう嘯《うそぶ》いてみせたこの彼女は、リードンとはまた別の名門官僚一族の出で、またゼンの一期下で上級官吏登用試験を首席合格した俊英である。

「同期に私のライバルなどいません。後輩たちは言わずもがな。私と競うに足る人がいるとすれば、ゼン先輩だけです」

「さすがにそれは買い被りがすぎたというものだね。現実には、弟は君と違ってただの一度も出世できず、三十前にして官僚人生は幕を閉じた」

「お言葉ですが、閣下。本当にそうでしょうか？　ゼン先輩なら一回りも二回りも大きくなって帝都に返り咲いたとしても、私は驚きませんが」

大臣であるヨヒアに対しても、全く物怖じせず異議を唱える。

どころか「ゼン先輩を左遷だなんて、短慮にすぎませんか？」とばかりの批難の眼差しを、隠そうともしない。

そんな部下の小生意気な態度に、

（ゼンのことを出涸らしだと陰口を叩く者がいる一方、見る者はちゃんと見てくれているものだな）

ヨヒアは腹を立てるどころか、口元をわずかに綻《ほころ》ばせた。

当然だ。可愛く思っている弟がよく言われて、喜ばしくないはずがない。

そしてゼンを評価してくれている者は、この彼女だけではなかった。

先ほど弟の前でめくっていた書類に、ヨヒアはもう一度目を通す。

ゼンが昨日まで勤務していた主税局の直属上司に、提出させた報告書だ。


カタランという大国が毎年徴収する、莫大《ばくだい》な税額の全てを帳簿管理するその部署では、特別に計数に強い官僚たちばかりが勤務している。中には暗算の天才という者さえいる。

そんな中でゼンはなかなか周囲についていけず、雑用扱いの簡単な仕事でさえ四苦八苦していた様子がこの報告書には綴《つづ》られている。

にもかかわらず、直属の上司はゼンのことを絶賛していた。

半年という短い期間で職務に適応し、今日ではギリギリ一人前と呼べるようになったこと。

何よりゼンの朗らかな人柄のおかげで、職場の雰囲気が明るくなったこと。

後者はまるで子供相手に褒めるかのような言い草だが、これが決して軽視できない。

なぜなら膨大な数字の管理と処理に追われる主税局では例年、ノイローゼになってしまう者や過労で倒れる者が少なくないからだ。

職場の空気は常に張り詰め、職員は虚《うつ》ろな目でブツブツ言いながら机にかじりつく――それが日常風景。誰も同僚と会話をするどころか、視線すら合わせない。

ところがゼンはそこへ風穴を開けた。

同僚たちに積極的に話しかけ、昼食に連れ出し、慰労のための飲み会を幹事した。

最初は「仕事の邪魔をするな」と疎まれたが、すぐに全員と打ち解けていった。まったくゼンの人柄の為せる業だった。

(あいつは昔から、誰からも好かれたからな)

重苦しい静寂が当たり前の部署に、しばしば談笑の花が咲くようになったと報告書にある。

それでいて職務が疎かになることもなかったとも。机にかじりつく者がいなくなり、確かに職員たちの労働時間は目減りした。しかし人間味のある環境になったことで皆が活力を取り戻し、労働効率が劇的に上がっていたからだ。

慢性的に問題視されていた離職率の高さや自殺者の多さも、この半年間はゼロになった。

(しかし、ゼンを手放しに褒めてやるわけにはいかない。一財務官僚としてはあくまで、ギリギリ及第点でしかないのだからな)

実務能力以外のことは、人事庁では評価されない項目ということだ。

だが一方で、報告書は最後にこう締めくくられている。

「ゼン君にはぜひ長く主税局に勤めていただきたい」

上司からのこの言葉は、最大の賛辞以外の何物でもないだろう。


にもかかわらずヨヒアはゼンを辺境送りにした。

もちろん理由あってのことだ。

部署という部署をたらい回しにさせてきたのもそうだ。出世に差し障るとわかっていてそうした。

全ては人事を司るヨヒアの差し金。

他家の者には決して明かすわけにはいかないし、末弟本人にも告げることはできない。

(ゼンには悪いが、全ては未来の帝国のためだ)

だからヨヒアは厳格な帝国尚書として、肉親の情を切り捨てる。

なぜ左遷させるのかと批難がましい部下の眼差しも、物ともしない。

そして主税局からの報告書も――文字通り握り潰《つぶ》した。

†

リードン家は遡れば初代皇帝にも祐筆《ゆうひつ》として仕えた、帝国開闢《かいびゃく》以来の官僚一族である。

またその後は四代続けて大臣も輩出している。

カタランは一切の貴族を置かず、皇帝が専制政治を行う中央集権国家。

ためにリードン家は他国の大貴族に相当する帝国有数の権門といえ、その地位を世襲ではなく実力で築き上げてきた。

当然、一族の資産は莫大で、本邸も宮殿にほど近い高級住宅地に構え、且《か》つ屋敷と庭園は周囲の豪邸をさらに圧するほど広く、壮麗で、由緒があった。

また庭には離れが三棟あり、一番大きなものは使用人たちが共同生活をしており、真ん中のものは代々仕える家令が親子で住む。

そして、一番小さなものをゼンが起居に使っていた。

別に「一族の出来損ない」だからと、母屋を追い出されているわけではない。

むしろ「できない子ほど可愛い」理論で、両親にも兄姉にも愛されてきた。

ゼンが物置だった離れをわざわざ綺麗《きれい》にし、住んでいるのには歴とした理由があって――

「ただいま、キール。ちょっと早いけどお昼にしようか」

離れに帰宅したゼンは、家族同然の同居人に呼びかけた。

すると部屋の真ん中で丸まっていたキールが、むくりと首をもたげる。

その姿を端的に形容すれば、「人を背に乗せることができるほど巨大な狼《おおかみ》」だ。

毛並みは純白で、しかもゼンや使用人たちが毎日丹念にブラッシングしているから、艶めいているしサラサラのフワフワ。もちろん蚤《のみ》など一匹もいない。

寝るのが趣味みたいな奴で、今も『昼飯はまだいいから、もう少し眠らせてくれ』とばかりに大あくびをかましていた。

しかしゼンは遠慮せず、キールの傍《そば》に腰を下ろすと、背中を撫《な》で、毛並みを手で梳《す》いてやりながら話しかける。

「ヨヒア兄に呼び出された件だけど、僕の左遷が決まったよ。勿怪《もっけ》の幸いにもほどがあるというか、なんと辺境の閑職に回されることになったんだ」

聞いたキールは、眠気が吹き飛んだとばかりに目を見開いた。

それからゼンの僥倖を祝うように、鼻面をこすりつけてきた。

このキールはそこらの人間よりよほどに賢く、ゼンの言葉や人柄はおろか、置かれた立場や境遇、事情さえ完璧に理解していた。

だから、「おまえもついてきてくれるだろう？」とゼンが頼むと、『当たり前だろう、水臭いことを言うなよ』とばかりに、尻尾でバシバシ叩いてくる。

「ありがとう！　おまえがいれば、どこに行っても寂しくはないな」

ゼンは満面に笑みを浮かべ、キールの太い首根っこを抱きしめる。

自分が離れに住んでいるのも、この親友と一緒に寝起きがしたいためだった。

そう、キールの方に母屋に来てもらうのはダメなのである。

ゼンの母親が重度の動物の毛アレルギーで、しかもそのくせ犬や猫が大好きで、傍にいたが最後、涙と鼻水まみれになってモフり続けるという困った人なので、隔離せざるを得なかった。キールだって洟《はな》でべちょべちょにされるのは嫌がるし。

ともあれゼンとキールの友情は、もう十二年も続いていた。

きっかけはとある事件だ。

当時のゼンは刑部省《けいぶしょう》の警察庁衛視局に籍を置き、また佰長《はくちょう》（現場で百人の衛視を指揮する隊長）として出向していた。

帝都の治安を守るため、日夜パトロールを行い、また刑事事件を追うのが衛視。

遣り甲斐《がい》のあるお仕事だと思ったし、ゼンも張り切っていた。

しかし登用試験に合格してまだ二年目の新米官僚に対する、叩き上げのベテラン衛視たちの風当たりは冷たかった。

ましてゼンは工部省の事務局という完全な後方部署で一年働いた後、丸っきり職掌の関係ない衛視局の現場に異動となった身なので、これで信頼される方がおかしかった。

結果、命令無視が横行し、置物のように大人しくしていろと無言の圧力をかけられた。

仕方なくゼンは己の足を使って、未解決事件を独りで追う日々をすごしていた。

そして地道な調査が実を結び、帝都の富裕層を相手に禁止された奴隷売買を行う、犯罪組織の拠点を突き止めることに成功した。

場所は帝都の衛星都市モンクにある倉庫街。

相手は幼い少年少女をまるで飼育するように檻《おり》に閉じ込める、どこまでも非人道的な連中だ。

本拠地への潜入捜査中、ゼンは怒りを禁じえなかった。

また同時に発見したのが、檻に閉じ込められたキールだったのである。

十二年前の当時はまだ今ほど巨体ではなくて、どこにでもいる普通の大型犬に見えた。どうして犯罪組織がわざわざ捕まえる必要があるのか、不思議に思えた。

しかし、キールの知能の高さは既に人並み以上で、忍び込んでいたゼンの存在に嗅覚で気づくや、檻の中でけたたましく吠《ほ》え、暴れ、組織の見張りどもの注意を集めてくれた。

ゼンはその隙に倉庫に偽装された拠点内の要所を調べ、一旦脱出した後に見取り図を作ることができた。

特に隠された地下への入り口を発見できたことが大きかった。組織の首領の部屋がある他、外に繋《つな》がる抜け道となっていた。

これを知らないままであれば、きっと幹部たちの大半を取り逃がすところだっただろう。

急いで作戦を立て、他の佰長たちと連携して、拠点の倉庫を急襲・撲滅に成功した。

ゼンは多くの少年少女とともに、キールを救出できた。

また子供たちは家元に帰し、それが難しければ施設で保護する一方で、キールにゼンはひどく懐かれた。だから、そのままリードン家に迎えたのである。

めでたしめでたし――とゼンは思っているのだが、奴隷密売組織摘発の大手柄は、全て協力してくれた佰長たちのものとなった。

というのも肝心の拠点急襲時に、ゼンは直属の衛視たちを一人も率いていなかったからだ。

いざ部下を連れていこうと思っても、ゼンが一人で地下組織のアジトを暴いたことを誰も信じてくれず、鼻で笑われてしまった始末なのである。

協力してくれた佰長がいたのだって、彼らも官僚だから、「リードン家の若様が言うなら、つき合ってやるか」「どうせこいつもすぐ上に行くんだろうし、ここで恩を売っておくか」という役人世界特有の政治的判断にすぎない（その後、全く上には行けなかったけれど！）。

また事件の顛末《てんまつ》を衛視局長に直接報告した時も、

「君は現場の叩き上げではなく、本省官僚なんだ。人を指揮する立場なんだ。スタンドプレイに終始して満足するのではなく、もっと部下を掌握し、巧《うま》く使うことを覚えなさい」

と、ありがた～い苦言をもらったほどだった。

——あの時のことをゼンはふと思い返しながら、

「結局、僕は誰かを偉そうに顎で使うより、自分で汗水をかいた方が気楽な、そういう性分なんだよなあ」

そりゃあ官僚として出世できないわけだと、しみじみ思う。

親友の毛並みを撫でる手が止まる。

するとキールが、急に達観したような目でこちらを見つめてくる。

『君の性分がそうで、今まではそうだったかもしれないけど、君は必要とあればちゃんと人の上に立つことのできる男のはずだ』

と言っている。

そう、この賢く神秘的な白狼《はくろう》は、時にこちらの目をじっと見て、心に語りかけてくるようにする。

今日は特に雄弁だった。

『私を助けてくれたあの時だって、君がその気になれば部下を説得できただろう。だけど手間と時間を惜しんだ。頑迷なベテラン衛視たちを説き伏せているその間にも、罪もない少年少女が売り払われているかもしれない――君はそれを懸念したんだろう？　だから即座に別の手段を講じ、他の佰長たちを頼ることにした。手柄は譲ることになると承知の上で、君は私たちを助けることを優先してくれたんだ』

と。

決して慰めなどではなく、『あまり卑下してくれるな、友よ』と激励するように。

そんなキールの思い遣りを噛《か》みしめつつも、ゼンは「買い被りだね」と肩を竦めた。

また照れ臭さを誤魔化すために、意地悪な笑顔を作って、

「キールこそあの時はまだ子供だったのに、随分と大人になってまあ！」

再び親友の背中や頭をワシャワシャと撫でてやった。

それでキールも達観したような目つきをやめて、やり返すようにゼンの足を甘噛《あまが》みしてくる。

普通の犬なら上下関係を躾《しつ》けるため、甘噛みしてきたら叱らなくてはならない。しかしこの賢い白狼に限って、躾《しつけ》など必要ない。ゼンとキールの間に上下関係はない。

互いに童心に返ったように、戯れ合うことしばし。

ノックの音がして、ゼンはキールを乱暴に撫でる手を止めた。

古株の女中が、離れまで言伝《ことづて》に来てくれたのだ。

「シァラ様がお呼びですよ、ゼン様。大至急、応接間にいらっしゃるようにと」

「姉上が？　わかった」

とゼンは急いで立ち上がり、キールにも『早く行け』とばかりに尻尾で背中を叩かれる。

〝リードン四兄弟〟の次女であるシァラは、それはもう恐《お》っそろしい人なのだ。

長兄ヨヒアと並んで、ゼンが昔から頭の上がらない女傑。

ヨヒアの恐《こわ》さが「厳格」な性格に起因するものとすれば、シァラのそれは「横暴」だ。

理屈が通る分、長兄の方が遥《はる》かにマシというか……。

それこそ「愚かな弟など殴って躾けるのが当たり前」と言って憚《はばか》らない姉だった。

つまり弟の扱い、キール以下だ。

「こんな平日の真昼間に、どうしてシァラ姉が家にいるんだ……」

ゼンはぼやかずにいられない。

左遷を食らった自分ではあるまいし、宮殿で職務に精励しているはずなのに。

「ああ、なんとも嫌な予感がするなあ」

離れを出て、母屋に向かいながら天を仰ぐ。

前を行く女中が、さすが勝手知ったるもので聞こえないふりをしてくれていた。

†

「この姉を待たせるとは偉くなったものだな、ゼン」

(可及的速やかに来たのに……)

開口一番に睨まれ、ゼンはがっくりと肩を落とした。

これ以上急げだなんて、まさか屋敷の中を全力疾走しろとでもいうのか。

「まあいい、許してやる。今日のワタシは機嫌がいいんだ」

そうのたまうと姉シァラは、応接間のソファでふんぞり返って足を組む。

傲岸不遜なそのサマがなんとも似合う、凛《りん》とした痩身美女である。

しかし、ゼンは知っている。この姉の服の下には、筋肉がギチギチに詰まっているのを。

幼少より喧嘩《けんか》——もとい武勇に秀で、上級官吏登用試験でも剣術・槍術・弓術・馬術が特に評価されたと聞く。

それでいて狡猾《こうかつ》——もとい英明で、兵法と軍事史を論じさせたら試験官が舌を巻き、語り草になったほど。

十五歳で登用試験を一発合格(しかも首席)した後は、女性であることを見込まれ後宮の警備からキャリアをスタートした。皇族の面識を得ることのできる、いわゆる出世コースだ。

実際、現太皇太后の覚えもめでたく、弱冠二十歳で後宮の警備隊長を拝命。

パンデルセンの乱の時には自ら志願して出征し、戦地で武功を立てまくり。

凱旋《がいせん》した後は二十代で兵部省《へいぶしょう》の近衛局長補佐——すなわち禁軍八万を統《す》べる副将軍まで上り詰めた。

国の有事さえこの女傑にとっては、出世の追い風にしてしまったのである。順風満帆とかそういう次元ではない。

現在、三十五歳。二児の母。

それが〝リードン四兄弟〟の次女シァラだ。

「聞いたぞ、ゼン。おまえ、とうとう辺境送りになったそうだな」

「さすが耳が早いね」

シァラの対面のソファに腰を下ろしながら、ゼンはうなずいた。

まあ耳が早いというか、姉の口ぶりから察するに、事前に知っていたに違いない。

（ますます嫌な予感がしてきた……）

そう思えど、恐ろしい姉の前では口が裂けても言えないゼン。

一方でシァラは、

「ヨヒア兄もひどい沙汰を出すものだ。優しい姉としては心が痛いぞ」

などと心にもないことを言い出す。

「おまえも家族と離れて単身赴任となれば、寂しいだろう？」

「いや、キールがいるから別に」

「大好きなお姉様と離れ離れになって、寂しいよなあ？」

「はい、とっても！」

シァラがゼンの前で拳を握り締めたので、脅迫に屈して心にもない是認をした。

早く辺境に――この暴力姉のいないところに逃げたい！

「そんな姉離れのできない弟に、ワタシから素敵な餞別《せんべつ》をやろう」

「………ありがとう」

ぬけぬけと言う姉に、ゼンはもう半眼にさせられる。

一方、シァラは続きの間の方へ向かって、「お通ししろ」と鋭く命じた。

誰かいたのか――とはゼンは驚かなかった。

姉が自分の部屋ではなく応接間に来いと言った時点で、お客がいるのは察していたのだ。

先ほどの女中が扉を開け、恭しくお連れする。

果たして、怪しい風体の女性だった。

体付きから性別はわかる。よく手入れされているのだろう、長く艶やかな髪も目を惹《ひ》く。

しかし、顔は面紗《ヴェール》で覆われていて見えない。

貴人の女性がお忍びの時に、好んでする格好だ。

ただゼンの勘では、かなり若い。まだ少女の域ではなかろうか。

「どうぞ、こちらにおかけください」

その正体不明の人物に対してシァラが――この傲慢な姉が、なんと起立で迎えるではないか！

おかげでゼンも慌てて倣わなければならなかった。

（ホントにいったい何者なんだ……？）

不躾《ぶしつけ》にならないよう目つきに気をつけながら、観察を続ける。

だが、すぐにその必要はなくなった。

シァラが最前まで自分がいた場所にお客を座らせつつ、丁重にヴェールを脱がせて預かったのだ。

「あああ……っ」

お客の素顔を目の当たりにし、ゼンはうめき声を漏らした。

不躾だとか礼儀だとか構っていられなかった。それくらい衝撃を受けていた。

客人はやはり少女だった。

そして、ゼンのよく知る顔だった。


そう――

初恋の少女と、瓜二つだったのだ。

ただしゼンと彼女がまだ十代だった当時の。

第二章　初恋事情と宮廷事情

それは十五年前の記憶。多感な少年時代。

上級官吏登用試験に挑む一年間を、ゼンは他の受験者たちとともに学生寮ですごしていた。

初恋の人もその中にいた。

名をアネスという、意志の強さが瞳の輝きに表れたような美少女。

仕種《しぐさ》や挙措が颯爽《さっそう》としていて、男物の服装や言葉遣いがとても似合っていて。

たった二つ年上のアネスが、当時のゼンにはとても大人びた女性に見えた。

それこそ出会った当初は、姉のように慕っていた。

本物の姉が「強いだけの暴君」だったので、「強いけれど優しい」アネスのことが――弟根性の染みついたゼンにとって――求める理想の姉像に映ったのだ。

でもやっぱり彼女は家族ではなくて、ふとした瞬間に異性を感じさせられること多々で。

親しくしているうちにすぐに、慕う気持ちは恋心に変わっていったという次第である。

そう、帝国全土から集まった百人の受験者の中で、アネスは最も仲の良い女友達だった。

五浪どころか十浪さえ当たり前の上級官吏登用試験なのだ、他の受験者は二十代ばかり。

地方の役人として経験を積んでから受験するのも普通なので、三十代も珍しくない。

むしろゼンと同年代の受験者の方が極少で、自ずと固まってすごすことが多かった。

しかもアネスには受験の最中に毎晩、勉強を見てもらっていた。

「まだ課題が終わらないのかい？　それとも私に叱ってもらうのが癖になった？」

と、からかわれることしょっちゅうだった。

ゼンも当時は生意気盛りですぐ口答えして、

「叱られるのなんて嫌に決まってる。それがどうして癖になるんだよ」

「でも男って、美人に叱られるのが好きなんだろう？」

「そういう性癖の奴もいるかもしれないけど！　てかよく自分のこと、美人って言えるね？」

「でもゼンだって私の顔のこと、好きだろう？」

臆面もなく言って、勝ち誇るように笑う。

アネスはそんな人で、ゼンは彼女の自信に満ちた笑顔がぐうの音も出ないほど好きだった。

もちろん彼女が自信家なのは、根拠なきものではない。

受験者は毎日、昼は試験官の講義を受け、夕方は各自に出された課題と向き合う。

この課題はあくまで実力を養うためのもので、受験者一人一人の能力や伸ばすべきところ、補うところを試験官たちが勘案して出題する。

だからこうして誰かに教わったり、協力し合っても違反ではない。解くのに時間がかかっても構わないし、解答が間違いで再提出となっても登用試験自体の成績には影響しない。

一方、定期的に「考査」と呼ばれる大小のテストが行われ、こちらは己の力のみで挑む決まり。

そこでつけられた点数は最終的な合否に関わり、だから誰もが本気になる。

結果も毎回、全員分がしっかり公表される。

その考査でアネスはいつも大人たちを押しのけて、トップクラスの点を叩《たた》き出していた。

毎日の課題程度で四苦八苦するゼンとは大違いだ。

「特に今回のは難しすぎる！　再々々々々提出なんて初めてだよ！」

と悲鳴を上げる日もあった。

寮内の図書室。

更けていく夜。

つき合ってくれているアネスが、ゼンの情けない姿に忍び笑いを漏らす。

「ヒントは『試験官たちは漏れなく意地悪』ということだよ」

教えてくれるに当たって、彼女はいきなり答えを言わない。

あくまでゼンが自ずと解けるように導いてくれる。

教師としては、試験官たちよりよほど優秀かもしれなかった。

でもその日の課題は難敵で、

「ヒントをもらってもわからない！　『マルヤーの敷いた屯田制の問題点を十個、列挙しなさい』って、考えても調べてもわからない。無理矢理ひねり出しても試験官もお見通しだし、もうお手上げだよっ。そもそも僕は、マルヤーの屯田制は大成功だと考えてるんだ。問題があったとしたら、成果が出るまで時間がかかったくらいでさあ。いや、それだって過去の屯田制に比べたら……」

机に突っ伏し、愚痴をこぼさずにいられない。

好きな人の前で己の弱さや非才をさらす、そのみじめさときたら！

「それを問題点を十個もあげつらえだって？　そもそも設問自体が間違ってるんじゃないか⁉」

悲嘆口調でぼやいて――そこでゼンは自分の言葉にハッとなった。

アネスもニヤリと破顔一笑した。

そんな「先生」に確認するように訊《たず》ねる。

「マルヤーの屯田制に問題点なんかない。『設問自体が間違っている』が課題の答え……？」

「ご名答だよ、ゼン」

「意地悪問題にもほどがある！」

「しかし、確かにお人好《ひとよ》しのゼンには必要な課題だったと思うがね。将来、官僚になった時のことを想像してごらん？　上司が間違った指示を出した時、あるいは帝国が誤った方向に進んだ時、君は素直に従うのかい？　ゼンはもっと人やルールを疑うことを覚えるべきだよ」

「うっ……」

アネスのさすがオトナなアドバイスに、ゼンは一言も返せなくなる。

（はぁ、この人には敵《かな》わないなあ……）

と再び机に突っ伏した、その頬が熱い。

甘やかな気分のまま、夜がさらに更けていく。

帝宮の一角にあるこの学生寮では、蠟燭《ろうそく》の類《たぐい》は贅沢《ぜいたく》に使い放題だった。

それをよいことに毎晩、恋した相手との二人きりのこの時間を、一秒でも長く延ばしたいと思ってしまう。

だが同時に、罪悪感もある。

「いつもごめん、アネス。こんな簡単なことに気づくのに、こんなに時間がかかって。遅くまでつき合わせて」

「構わないさ。リードン家からたっぷりと給金をいただいているからね。おかげで私も学費が助かっているよ。二浪もして親に合わせる顔がないところだったんだ」

カラカラと笑い飛ばすアネス。

反比例してジクジクと胸が痛むゼン。

そう――

受験者の決まりとして寮住まいを始めたゼンのため、リードン家は同じ受験者のアネスを「学生寮内の個人教師役《チューター》」として雇っていた。

もちろん、アネスがゼンに向けてくれる友情は本物だ。

しかし親しき仲にも限度というものがある。こうも毎晩毎晩、ゼンの勉強を見てくれているのは、仕事でもあるからに他ならないだろう。

資産家のリードンと違い、アネスは中流家庭の生まれだ。

上級官吏登用試験は一年通して行われるために、かかる費用（受験者の自己負担額）も決して安くはない。アネスの両親が借金しているという話も聞いたことがある。

露悪的な物言いをするならば、ゼンはこの「二人きりの甘やかな時間」を実家の金を使って買っているのである。

(そうわかっていても、やめられない……。僕は卑怯者《ひきょうもの》だ。何がお人好しだ)

葛藤で胸が二つに裂けそうになる。

恋はここまで人をおかしくさせるのだと、思春期真っ盛りの彼は自覚も理解もしていなかった。

それに疚《やま》しい気持ちはもう一つある。

「僕が手間をかける分、アネス自身の勉強が疎《おろそ》かになっていないか、心配でならないよ」

帝国全土から英才が集まってなお、何浪もするのが当たり前の狭き門だ。

普通は他人の世話を焼いている場合ではない。

ゼンだって自分のことでいっぱいいっぱいだ。

上三人の兄姉たちは全員、受験資格が得られる十四歳で挑戦し、首席で一発合格した。

ゼンもそれに続くよう家族に求められているし、プレッシャーは凄《すさ》まじい。

アネスだって似たようなものだろう。何度も不合格になれば親が黙っていないのは、一般家庭だからといって違いはないはず。

そして、もっと言えば――仮にゼンが合格した場合、アネスも欲しているその枠を一つ奪ってしまうことになるのだ。

アネスはいわばライバルを育て、援助し続けているのだ。

もし本当にゼンが合格し、アネスがギリギリで落ちてしまうようなことがあれば、申し訳ないどころの話ではない。

だというのに、

「ハハハ、ゼンが私を案じるのは五年は早いな！」

アネスはあくまで笑い飛ばした。

そして自信満々のまま言い放った。

「私は別に、合格しようと思えばいつでもできるんだ。二浪したのもわざと落ちたんだ」

「そんなの初耳だけど⁉」

「まあ人聞きが悪いし、失笑を買いそうだからな」

ゼンだから教えたんだと、アネスは嫣然《えんぜん》と微笑んでみせる。

「なんでわざわざそんな真似《まね》を……」

ゼンだとて呆《あき》れは禁じ得ない。

学費にも困っている人間の台詞《せりふ》とは思えない。

しかし、アネスの答えは明確だった。

「私にとって試験の合格は、決してゴールなどではない。重要なのはその先だ。まあ、必死に学費を出してくれる親には申し訳ないがな」

「その先……というと？」

「カタラン建国から百余年、この国は未だ経済で潤い、兵は忠勇無比。政治の腐敗ともほぼ無縁といっていい」

「うん。歴代の皇帝陛下の、ご努力とご治世の賜物《たまもの》だね」

「だが建国時が最盛期のまま、徐々に衰退しているんだ。それはあらゆるデータが示している」

組織というものは、常に成長を——拡大再生産を続けなければならない。

現状維持という考えすら甘い。停滞や衰退の先にあるのは終焉《しゅうえん》だというこの自明の理から、人は得てして目を逸《そ》らしてしまいがちだが、歴史は厳格なまでに証明し続けている。

それは国家であろうと町の商店であろうと同じ、ただ規模が違うだけ。

だからアネスは断言する。

「カタランは中興の祖となる名君を必要としている。その御方を支える強力な官僚組織もだ。私はその一員となりたい。願わくばいずれかの尚書となり、お側で力になりたい」

まさに大言壮語というものだが、アネスの言葉ならゼンは笑う気にはならなかった。

それにカタランは他国ほどには男尊女卑の風潮は強くない。

実力があれば女性だって認められるし、実際に女帝や女宰相が国政を担った時代もある。

「そして、私がどんなに優秀であろうとも、一人で何かを為せるほどこの帝国は小さくない。同志が必要なんだ。ともに登用試験を突破した同期ならなお良い」

これもカタラン独特の風潮で、上級官吏登用試験の合格者たちが、首席の名をとって「ヨヒア世代」「シァラ世代」という具合に呼ばれ、また同期同士の繋《つな》がりが強く、長く続くことは有名だ。

まさにこの学生寮で一年間、同じ釜の飯を食った間柄なのだ。

「だからアネスは試験のことなんか二の次で、その同志を探してるってわけ？」

「そうだ。ここぞと見込んだ者たちが現れるまで、私は何浪でもして待つつもりだった。そして、今年こそはと思っている。ゼン――君もその一人だ」

アネスの瞳は彼女の意志の強さを表すように、いつも輝いている。

そしてこの時、ゼンを見つめる彼女の瞳は、一層強い光を放っていた。

「光栄だけど……買い被りじゃないかな」

だけどゼンにはその光が眩《まぶ》しすぎて、アネスの眼差しから逃れるように顔を逸らす。

するとアネスは逃がさないぞとばかりに、机の上のゼンの手を握り締める。

「君こそ少し謙遜がすぎる」

「だって僕だよ？　君に教わってばかりの」

「教えた分だけ伸びていく、ゼンの将来性を買っているんだ。私だって教えるのが面白いんだ。別に給料のためだけで、こんな遅くまでつき合うほど私は義理堅くない」

「たかが課題一つで、こんなに苦労してる僕だよ？」

「ゼンは気づいていないようだが、試験官が君に課す出題は毎回、特別難しいものだ。試験官たちも君にそれだけ期待しているんだ」

「みんな、リードンの威光に目が眩《くら》んでるだけじゃ……」

「だとしたら私はヨヒア殿なりシァラ殿なりを直接口説きに行く。私の性格は知っているだろう、ゼン！」

「そ、それは……」

「今の君はまだ頼りない子供かもしれない。自信を持てないのも仕方ない。でも私は、未来の話をしているんだ。君も官僚を目指すなら、天下国家の視点を持て。さっきのマルヤーの屯田制だってそうだろう？　クーリ砦《とりで》に五万の兵が常駐できるようになるまで、自給自足の環境が整うのに十年かかった。しかしおかげで以後二度と、異民族どもは攻めてこられなくなった。ゼンの言う通り、時間はかかったが大成功だ。私も同じ次元で、君に期待しているんだよ」

「…………っ」

アネスに言葉を尽くされて、ゼンはもう二の句が継げなくなる。

たとえ同志としてであっても、自分が恋した相手にここまで求められたのだ。男冥利を覚えなかったといえば嘘《うそ》になる。

だがそれ以上に、ゼンは己が凡人だというコンプレックスがある。

所詮は兄姉たちの出涸《でが》らしだという、忸怩《じくじ》たる想いがある。

もし何年経とうが、アネスの高い期待に応えられなかったらどうしよう、失望されたらどうしよう——そんなネガティブな考えばかりが頭の中で渦巻く。

まだ十四歳の、繊細な時期だったのだ。

そして結局、ゼンが何も返事ができないままに、この話題は中断した。

二人きりだった夜の図書室に、三人目が訪れたのだ。

「やあ、アネス。ゼン。相変わらず精が出るね」

おっとりとした口調と態度の、紅顔の美少年である。

それでいて堂々としているというか、隠せない高貴さを漂わせている。

彼ともまたこの試験で出会い——最も仲良くなった女友達がアネスなら——一番仲良くなった男友達がこのハインリであった。

歳もゼンと同じ十四。

「きっと小腹が空いていると思って、夜食を持ってきたのだけれど。一緒にどうかな?」

「さすが気が利くな、ハインリ」

「(いろいろな意味で)助かったよ!」

ゼンたちは親友の同席を歓迎し、彼の持ってきた軽食をありがたくつまむ。

炙《あぶ》ったチーズをたっぷりのホワイトソースと一緒に、パンで挟んだものだ。手を汚さずに食べるのが難しいが、ゼンとアネスはガサツなところがあるので気にせず頬張る。

ハインリだけが一人、手も口元も全く汚さない。たかが食事一つとっても、「気品とはこういうものだ」と示し続けるように。

さもありなん。

この彼こそが帝国の皇太子。

貴族のいないこのカタランで唯一、尊貴の血筋を誇る現人神《あらひとがみ》の直系なのだから。

ハインリ自身の望みで、あくまで一受験者として扱うよう周囲に徹底させているが——本来ならばゼンたちが気兼ねなく接したり、呼び捨てにしようものなら、「不敬ッ」と首が飛びかねない相手なのである。

皇族の男子が試験を通じ、次の国政を担う英才たちと切磋琢磨《せっさたくま》するのはこの国の慣例であり、ハインリも祖先に倣っていたという事情だ。

「実は余《わたし》も今日の課題には苦戦して、こんな時間までかかってしまってね」

「ほう。ハインリをして手こずるとは、どんな難問だったんだ？」

「それがね、アネス。『マルヤーの敷いた屯田制の問題点を十個、列挙しなさい』という設問だったのだけれど」

「僕と一緒じゃないか！」

自分はアネスのヒントありだったとはいえ、解答を得るまでにかかった時間がほぼ一緒だと知って、ゼンは奇妙な安堵《あんど》と仲間意識を覚える。

ところがハインリの話は続いていて、

「試験官の求める答えが『設問自体が間違っている』なのは、すぐにわかったんだ」

「………」

「でも本当に問題点はなかったのか、改めて考えさせられる課題だとも思ってね。試験官のところへ行って徹底討論した結果、マルヤーの屯田制にも多少の改善の余地があることが見つかったんだ」

「なるほど、そこまでの視点は私にもなかった。さすがだよ、ハインリ。ゼンもそう思うだろう？」

「………………ソウダネ」

ものの十秒でハインリとの実力差を思い知らされ、ゼンはまた机に突っ伏したくなった。

（最年少で試験に挑戦して、しかも兄上たちみたいに首席で一発合格していく人たちってのは、こういうレベルなんだろうな）

思わず嫉妬と羨望の目で見てしまう。

同時に、先ほどのアネスの言葉を思い出す。


――ここぞと見込んだ者たちが現れるまで、私は何浪でもして待つつもりだった。

――そして、今年こそはと思っている

ゼンもその一人だと言われた。

言い換えれば、他にも見込みのある受験者が、今年は複数人いるということだ。

（ハインリなんかはまさにその筆頭だよな……）

アネスを凌駕《りょうが》するほど頭脳明晰《めいせき》な上に、なんせ次期皇帝なのだ。

彼女が求める「中興の祖」にハインリがなり、また志を同じくする者としてアネスが腹心となれたならば、彼女にとってこれ以上の望みはないだろう。

（そして、そうなる未来はけっこう現実的だ……）

ゼンがハインリに羨望の眼差しを送る一方で、ハインリがアネスの顔を熱っぽく見つめていることに、ゼンは気づいている。

アネスは美しく、聡明《そうめい》で、気立てもよくて、自信家なところまで魅力に変えてしまう女性だ。

同年代の受験者にとっては一種のアイドル。

ハインリもまた例外ではなく、アネスに恋焦がれている。

いずれ彼女に求婚し、アネスの方も満更ではなくて、大臣ではなく皇后として親政を執り、夫婦二人で帝国を発展させていく——その未来図は恐らくゼンの妄想ではない。

（こういうのも、身分違いの恋のうちに入るのかな……）

親友であり次期皇帝となる男と、一人の女性を巡って争うような大胆さはゼンにはない。

むしろ二人の恋路を応援する方が、性に合っている。

だからアネスへのこの想いは、永遠に胸にしまっておくべきなのだ。


実際、偲《しの》ぶ恋というものは、ゼンにとっては決して悪いものではなかった。

アネスとハインリとともにすごした一年間は——時に甘く、時に切なくも——人生で最良の日々だった。

地獄の上級官吏登用試験は、しかしゼンにとっては青春時代の盛りだった。

そして、苦しさも楽しさも最高に味わえたその時間は、唐突に終わりを告げた。

一年に及ぶ試験も終わりが見えた折に、皇帝が崩御したのである。

在位わずか五年。生来病弱なところに、過労が祟《たた》ったと伝えられている。

なんにせよハインリはもう試験どころの話ではなくなった。ただちに父の跡を継ぎ、即位せねばならなかった。

またその機会にアネスに求婚し、後宮へと連れていった。

ゼンが予測した未来図は、現実のものとなったのだ。

ただし、三人の友誼《ゆうぎ》はそこで途絶えたわけではなかった。

ゼンが一人残って試験を続け、ギリギリの成績で合格を果たした後、二人はごく私的な祝いの席を設けてくれた。

工部省でキャリアを始めた後も、二人の方がよほど激務にもかかわらず、時間を作っては晩餐《ばんさん》に招いてくれた。

お忍びで遊びに来てくれたこともある。

二人に会えるのは月に一度か二度がせいぜいだったが、中央官僚として目まぐるしく働いていたゼンにとって、三人ですごすその寸暇《すんか》が心の潤いだった。

一年経って、二年経って、部署をたらい回しにされるばかりで、一向に出世の目途は立たなかったけれど、二人の態度は変わらなかった。

「ゼンなら焦らなくて大丈夫だよ」

「天下国家の視座を持てと、妾《わたし》が教えただろう？」

と、いつまでも温かく見守ってくれた。

「いずれは君が、余《わたし》たちの宰相になってくれると思っている」

「ヨヒア殿が二十八で式部だったから、ゼンならまあ四十というところだろう。なに、お互い激務、激務の身だ。あっという間のことさ」

と、二人のそんな期待にゼンも応えたかった。

だが、アネスとハインリは事故で死んだ。

忘れもしない帝国暦一一三年、十二月二十日。

北国境の防衛線と屯田の視察のため、御幸の最中のこと。

クーリ砦に滞在中、火鉢で暖をとった部屋の換気が悪く、ガス中毒を起こしたのが死因。

その部屋は皇帝の逗留《とうりゅう》に際してのみ使用される特別な間で、二十年もの間使われていなかったことが、事故を防げなかった遠因とされる。

ハインリが二十五歳、アネスが二十七歳の若さだった。

その日を境に、ゼンの中から出世欲というものは、綺麗《きれい》さっぱりなくなった。

ただ家族に恥をかかせないためだけに、心を殺して目の前の仕事を処理し続けた。

†

だから現在、ゼンの向かいに腰かけるこの少女が、アネスであるはずがないのである。

リードン家の本邸、応接間。

辺境への左遷が決まったゼンに、姉シァラから「餞別《せんべつ》をやる」と呼び出された。

その傲岸不遜な姉が、今はこの少女の忠実な護衛の如《ごと》く、ソファの後ろに立って侍《はべ》る。

二十九歳になったゼンが、まだ十代のころのアネスと見紛《みまご》う娘と、ローテーブル一つを挟んで対面させられる。

ゼンにとっては狼狽《ろうばい》頻《しき》りの状況。

「……そんな……まさか……」

初恋の人が十以上も若返って現れるなどと、魔法でもなければあり得ない。

死者が蘇《よみがえ》って現れるなどと、魔法でさえ不可能だ。

考えられるとしたら可能性は一つ――

「お察しの通りです、ゼン様。わたしは母上ではありません」

謎の少女は自分の胸に手を当てて、そう言った。

声までアネスそっくりだったが、やはり別人。

「亡き先代皇帝皇后両陛下の、ただ御一人の忘れ形見――エリシャ殿下であらせられる」

姉シァラもまた皇女を紹介するに相応《ふさわ》しい、高圧的な口調で告げた。

(そりゃ僕もアネスたちに娘ができたのは知ってたけど……)

ゼンが工部省で働き始めてしばらくして、本人から懐妊を知らされた。

計算すると、登用試験の真っ最中に二人は――と気づいたところで考えるのをやめた。

当時のほろ苦い記憶だ。

しかしもちろん、皇女本人《エリシャ》に会うのはこれが初めて。

後宮の奥深くで大切に育てられる皇族に、下っ端官僚がお目通りできる道理はない。

いくらゼンが皇帝皇后の私的な友人でもだ。そこは厳格なルールがある。

しかし、なるほどシァラならば――かつては後宮警備を務め、今も近衛の副将軍であるこの姉ならば――皇女殿下と面識があるのも、この場へお連れできるのも、職権の範囲。

「ゼン様のお話は、わたしが幼少の時よりかねがね、父上と母上からお聞きしておりました。お会いできるのを今日まで楽しみにしておりました」

そう言ってエリシャ皇女は楚々《そそ》と微笑む。

（今年で御歳十四になられるはずか……。しかしまあ、よくぞここまでそっくりにお育ちになったものだ……）

ただ、よくよく観察してみれば、ゼンの知る十六歳時分のアネスに比べて、表情が幾分幼い。

また佇《たたず》まいもおっとりとして柔らかく、そこはかとなく高貴である。この点はハインリの血が出ているのだろう。

ガサツで男勝りなところがあったアネスとは違う。

「僕もお会いできて光栄です。殿下のご存じない受験者時代の亡き両陛下のお話や、僕が存じ上げない後宮での両陛下のことなど、ぜひご一緒に懐旧を偲ぶことができれば幸甚ですが……」

皇女が茶飲み話をしにわざわざ来たのではないことは、子供でもわかることだ。

エリシャが答える代わりに、姉が事情を教えてくれた。

「殿下は現在、お命を狙われている」

聞いてゼンは目つきを鋭くした。

驚きよりも怒りが先立つ。

皇女とはいえまだ十四歳の少女を――しかも親友たちの忘れ形見を、いったいどこの誰が殺《あや》めようとしているのか。

到底、許せるわけがない。

「口の端に上らせるのも畏れ多いことですが――殿下の殺害を企《たくら》んでいるのは今上ですか？　それとも皇后陛下？　あるいは新しい宰相閣下？」

「その全員だ」

シァラが嘆かわしそうに肩を竦《すく》め、ゼンもギリと歯噛《はが》みする。

現皇帝はジェーマ二世といい、ハインリの六つ歳の離れた実弟に当たる。

皇后もまだ二十一歳の若さだが、父親に似て権謀術数に長《た》けるともっぱらの評判。

そしてその父親というのが、現在腐敗と堕落の一途を辿《たど》る礼部省宮内庁《れいぶしょうくないちょう》出身の狡吏《こうり》で、このさしたる実績もない男が外戚となったことで四年前、宰相に成り上がった。

口さがない者たちは、ハインリとアネスの死も事故ではなく、この三人が画策した暗殺ではないかと噂《うわさ》する。

ゼンも真に受けてはいないが、否定もしきれない。

何しろ当時のクーリ砦を預かる司令は、この宰相の遠縁に当たる人物だからだ。

とまれ、仮にも皇帝に対するそんな不敬な噂を、しかし消しきれないほど普段から後ろ暗いところのある者たちといえよう。

そして今回は憶測ではなく、彼らがエリシャ暗殺を企む確信をこの姉は持っていると。

「事故を装い、エリシャ殿下を殺害せんと企てた暗殺者を、ワタシの部下が立て続けに捕らえた。最後まで口は割らなかったが、誰の手の者かは見え透いている。これが仮に隣国の仕業であれば、後宮内に潜入できるほど常識外れの腕を持つ間者を使っておきながら、今上ではなくわざわざ殿下を狙う理由がなかろう。宰相が用意し、両陛下が後宮に手引きしたと考えた方が早い」

姉の言葉のいちいちに、ゼンもうなずいた。

それを見てシァラがしかつめらしく話を続ける。

「今上がご結婚あそばし五年になるが、皇后陛下がご懐妊する気配がない。それで両陛下も宰相も、焦り始めている」

今上はハインリと違って放蕩《ほうとう》気質で、過去に多数の愛妾《あいしょう》を囲っていたが、その誰も懐妊していない。ためにジェーマ二世の先天的な体質ではないかと、これも口さがない者たちが噂している。

仮にそうだとしたら、今後も皇后との間に子供が儲《もう》けられる可能性は低い。

「これも口の端に上らせるのも畏れ多いことですが——そんな宰相一派にとって、帝位継承権一位をお持ちのエリシャ殿下は、目障り極まりないということですね……」

「その通りだ」

今度はゼンの言葉に姉がうなずく。

もし今、ジェーマ二世の身に何かあれば、玉座はエリシャのものとなる。

皇后も宰相も権力を失う。

いや、たとえジェーマ二世が壮健であろうと、いつまでも世継ぎが生まれなければ早晩、皇帝としての資質を問い質《ただ》されることになる。

後嗣問題は国にとってそれほどの重大事だ。

これももし、エリシャが誰か夫をもらい、その間に子供が生まれようものなら、ただちにエリシャを女帝に、その赤子を皇太子とし、ジェーマ二世は潔く禅譲《ぜんじょう》すべきだと、他の皇族や有力廷臣たちから突き上げを食らうことは避けられない。

「宰相も必死に派閥作りに勤しんでいるが、何しろ敵が多いからな」

リードン家だとてその政敵の一派といえる。

帝国は未だ政治の腐敗に浸っていないからこそ、廷臣たちの間で健全な競争が機能している。

むしろ実績もなしに宰相となった男こそが、その健全性を蝕《むしば》む病魔であり、方々に反発されて当たり前なのだ。

「逆にエリシャ殿下以外の皇族の皆様は、宰相一派にとって懸念の外でいらっしゃる」

現在、継承権第二位は、ハインリと今上の従弟に当たる赤ん坊。

第三位は、叔父に当たる初老の人物。

少なくとも前者が成長し、子供を儲けるまでは、ジェーマ二世が立場を脅かされることはない。

エリシャさえ亡き者となれば、宰相一派は二十年近く安泰でいられるのだ。

それだけ猶予があれば、現在は苦労している派閥固めだって盤石なものにできると、連中は目論《もくろ》んでいる。

またジェーマ二世の後嗣問題だって、時間が解決するかもしれないと期待している。

「ゆえに宰相一派は殿下を絶対に亡き者にせんと謀り続けるだろうし、我がリードン家は帝国の藩屏《はんぺい》として絶対にこれを阻止せねばならん」

「状況は理解いたしました」

ゼンはシァラに向かって首肯し、それからエリシャへと目を向ける。

皇女は姉弟のやりとりが終わるまで、一切口を挟まずニコニコしていた。

己が置かれた苦境が理解できていないわけでは、決してないだろう。

それでも、己の生死にまつわる生臭い話を泰然と聞き流し、必要あるまで典雅な微笑を絶やさず待つ。

(このお若さで既に、皇族のなんたるかをご理解していらっしゃるということだ)

さすがはアネスとハインリの娘だと、ゼンは舌を巻く想いだった。

ジェーマ二世など十四の時は既に、酒池肉林の爛《ただ》れた生活に溺れ、良識ある廷臣たちを大いに嘆かせていたというのに。

エリシャは皇女に相応しい風格を楚々と漂わせつつ、今日の本題を切り出した。

「つきましてはゼン様に、お願いがあって参ったのです」

ゼンはその内容に見当がつきつつ、緊張して先を促す。

「聞けばゼン様は、遠くシーリン州に異動となられたとか。そこでわたしも同伴し、匿《かくま》っていただきたいのです」

（やっぱりか！）

話の流れからそうではないかと思っていた。

皇女殿下の前でなければ頭を抱えていた。

（もちろん、僕だってお助けしたいのはやまやまだけど、いろいろ問題がありすぎるでしょう……）

皇女殿下の身の回りの世話は誰がするのかとか、ゾロゾロ連れていって目立ったら辺境で匿う意味がないだとか、数え出したらきりがない。

正気かと咎《とが》めるように、姉に目で訊ねると、

「殿下には身を窶《やつ》していただくことになるが――おまえの娘として振る舞っていただく」

（本当に正気⁉）

匿うにしたってまさかそこまで徹底するとは、さすがに予測だにしなかった。

しかも親子を装うなどと、それこそ無茶ではなかろうか。

皇女を相手に父親のふりをするのが、畏れ多いのもさることながら、

「姉上はご存じないかもだけどね、僕だって一応は男なんだよ？　年頃の淑女であらせられる殿下

と、一つ屋根の下で暮らすなんて無理に決まっているでしょう！」

「ハハハ！　おまえに皇女殿下を孕《はら》ませる度胸があるものかよ」

「〜〜〜〜〜〜〜〜〜〜〜〜っ」

明け透けな言い方をされて（しかもエリシャ本人の前で！）、ゼンは言葉を失った。

（姉上はダメだ。頭がおかしい）

昔から過激な人だった。

代わりにエリシャに訴える。

「殿下、殿下。うちの姉はこんなことを申しておりますが、殿下は親子なんてお嫌ですよね？」

「いやです、これからはエリシャと呼んでください——『お父様』」

「〜〜〜〜〜〜〜〜〜〜〜〜〜〜っ」

花が綻《ほころ》ぶような笑顔でそう呼ばれ、ゼンは二の句を失った。

クスクスと忍び笑いを続けるエリシャを見れば、もちろんからかわれたのだとわかる。

無垢《むく》な少女に見えて、しっかりイタズラ心をお持ちの皇女サマだ。

こういうところはアネスの血か。

エリシャは一頻り笑った後、真面目な顔つきになって説明する。

「ゼン様のことは本当の父上と母上から、たくさん聞き及んでいると申しましたね？　誠実で理性的なお方だと、決して不埒《ふらち》な真似をなさるようなお人柄ではないと、わたしも確信した上でお願いしているのです」

「でも僕だって、魔が差す時があるかもしれませんよ？　恐ろしくはないのですか？」

「その時はわたしの不明だったと、覚悟はすませております」

「一つ屋根の下なんですよ？　故意ではなくても、着替えを覗《のぞ》いてしまったりするかもしれませんよ？」

「ふふっ。『お父様』ったら——カワイイ」

「〜〜〜〜〜〜〜〜〜〜〜〜〜っ」

また忍び笑いでからかわれ、ゼンは絶句する。

しかしなるほど、この皇女サマは可憐《かれん》な容貌や挙措に反して、肝が据わっていらっしゃる。

やはりアネスの血だと思うし、これ以上は押し問答になるだけだと思った。

「……承知いたしました。殿下がそこまでのお覚悟でいらっしゃるなら、僕も腹を括《くく》ります」

「娘に敬語なんて要りませんよ、『お父様』」

今から親子関係スタートだとばかりに、エリシャの口調が少しくだけたものに変わった。

それでゼンも苦笑いしながら、

「あ、ああ……そうだね、エリシャ」

実の娘に対する父親のつもりで接してみる。

どう頑張っても、ぎこちなかったけれど！

（そもそも僕は人の親になったこともなければ、結婚したことさえないけれどな……）

まさか三十路《みそじ》目前にして、自分にこんな試練があるとは思わなかった。

†

エリシャは旅の準備のため、女中と別室に向かった。

それを待ち、シァラと残った応接間で、

「しかし姉上も人が悪い。辺境送りになった僕への餞別が、まさか皇女殿下だとはね」

ゼンは批難口調でぼやきながら、内心ぶつぶつとこぼす。

（そんなに僕が寂しがると思ってるのか。それともまさか、アネスの忘れ形見と一緒に暮らすことを、僕が喜ぶとでも思ってるのか。どっちにしろ大きなお世話だ）

するとシァラがむっとなって、

「おまえが殿下を養う負担分は、機密費扱いでたっぷり用立ててしてやろうという話なんだが？」

「ありがとう姉上、最高の餞別だよ！」

「フン、調子のいい奴め」

シァラは鼻を鳴らしながらも、それ以上ゼンの早とちりを咎めなかった。

まあ弟のためというよりは、皇女殿下に生活で苦労させないためなのだろうが。

「その間にこちらは父上や兄上とも協力し、殿下が安心して宮殿にお戻りできるよう、環境を整える。宰相一派の権勢が宮廷を蝕むのを阻み、逆に包囲網を作り上げる。……とはいえ、五年やそこらで可能な話ではない」

時間稼ぎが必要なのは、反宰相一派も同じことだ。

その間、誰かがエリシャを守り通さなくてはならないのだ。

「ゼン――殿下のお世話、くれぐれも頼む」

「うん、わかった。僕はもう余生の身だからね、田舎でのんびり殿下と暮らすとするよ」

「それでいい。エリシャ殿下も人生の一時くらい、窮屈な宮殿を出て羽を伸ばすことがあっても許されるはずだ」

この姉が珍しく、屈託のない笑顔になって言った。

横暴が服を着て歩いているような人だが、エリシャのことはただ皇女だからという以上に、為人《ひととなり》そのものを気に入っている様子が窺《うかが》えた。

かと思えば、ゼンに対しては傍若無人な姉の顔に戻って、

「もう気づいていると思うが、おまえを辺境送りにしたのは殿下を匿うのが主眼だ。兄上と話し合い、殿下をお守りするにはそれが一番良いという結論になった」

今回の左遷は懲罰人事にしても過激にすぎると、ゼンも思っていたのだ。

やはり裏があったのだ。

「別に恨んじゃいないよ。僕の能力に疑いの声が上がってたのは事実だろうし、なんらか示しをつけなきゃいけなかったろうしね。まあ一石二鳥の沙汰だと思う」

「もちろん、恨まれる筋合いはない。おまえは本省勤めなんて、内心もう懲り懲りだったろう？　叶《かな》うならばさっさと楽な部署に行きたかったろう？　だからワタシが兄上にそれとなく提案して、

おまえの願いを叶えてやったんだ。これぞまさに一石三鳥、姉の名采配に感謝してもらいたいものだな」

「さすが姉上はなんでもお見通しだね」

つくづく恐《こわ》い人だと、ゼンは首を竦める。

頭も切れるが、勘が異様に鋭いのだ。その点では長兄ヨヒアさえ凌《しの》ぐ。

「あっちに行ったら、たまには手紙を書けよ。父上も母上も寂しがるだろうからな」

シァラは最後にそう言って、応接間を出ていく。

「みんな宛てに書くよ。もちろん、姉上にもね」

その背中へ向けて、ゼンは諸々の感謝も込めてそう言う。

だがシァラは肩を竦めるばかりで、何も返事しなかった。

(照れ隠しだな)

この姉ほど勘がよくないゼンでも、今どんな顔をしているかくらいは想像がついた。

第三章　「親子」の初触れ合い

夜明けとともに屋敷を発つ。

まだ人目の少ないうちに、ひっそりと帝都を出る。

シーリン州までの移動は馬車を使う。

一頭立てで小さくて、客車はなく荷台を幌《ほろ》で覆っただけだが、ものはいいのを姉が首尾よく用意してくれていた。

皇女殿下も同乗するのに、敢《あ》えて質素な馬車を選んだのには理由がある。街道周辺の治安の良さは帝国の自慢とはいえ、それでも山賊野盗の類《たぐい》が絶無というわけではない。金持ちそうに見えるのは、百害あって一利なし。

もちろん当の殿下も、庶民暮らしにいち早く慣れるためにも納得済み。

道中や向こうで使う日用品の他に、「設定上の娘《エリシャ》」と「本物の親友《キール》」を荷台に乗せて——一路、南へ。

折悪く曇天、お日様は門出を祝ってはくれなかったが、ゼンの気分は上々だ。

エズワズ街道は道幅が広く、石畳は補修が行き届いていて、馬車を進ませるのに苦がない。道の両脇には並木が植樹されていて、肌寒い秋風を和らげてくれる。

さすがは帝国の南半分を縦に貫く、天下の大街道である。

そもそもカタランは、交通網の整備に余念のないお国柄。

しっかりと石畳で舗装された大小の道が全土に行き渡り、あたかも人体における血管の如《ごと》く重大な機能を果たす。物流が活性化すれば国は富み、軍の移動に滞りがないのは強国の条件だ。

宿場町も規模を問わなければ三、四キロメートルごとに一つはあるため、本当に旅し易い。

「殿下は帝都を出るのは初めてですか？」

ゼンは御者台で前を向いたまま、キールと戯れているエリシャに訊《たず》ねる。

「また敬語になってますすよ、『お父様』」

「いやでも今は他に誰もいませんし……」

「早く慣れないと、いざという時にボロが出ちゃいますよ？」

「……それはそうですね」

皇女殿下を相手に父親ぶるなんて心臓に悪いこと、できれば最小限に留《とど》めたかったのだが。

いつでもどこでも親子のふりをするのが、殿下のご所望のようである。

「え、エリシャは帝都を出るのは、は、初めてかい……？」

まだギクシャクしつつも言い直すゼン。

「ふふっ。父親が娘にする質問ではないですね」

「そこはきっと特殊な家庭事情があったんですよ――だよっ」

「そういうことにしておきましょうか。ええ、帝都を出るのはこれが初めてですね」

「じゃあ見る物、全部が物珍しいんじゃないかい？」

もし聞きたいことがあったら遠慮なくと、ゼンは請け負う。

「ありがとうございます、『お父様』。でも今はキールくんが可愛《かわい》くて」

とエリシャは、自分よりも大きな白狼《はくろう》と戯れるので忙しそうだ。

確かに物珍しさでいえば、キールに勝る存在はそうはいない。

寝るのが趣味のキールもあくびを噛《か》み殺しながら、律儀にお姫様につき合っていた。

「『お父様』の方は、馬車を御すのも慣れたご様子ですね」

帝国では乗馬は官僚の嗜《たしな》み（登用試験の考査にもある）だが、馬車を操ることができる者はそう多くない。

「昔、陸運局に配属された時にね。基本は内勤だったけど、一度は現場を体験してこいって、ウタナヒ州まで商隊《キャラバン》に帯同する研修があったんだ。それもまあ基本は上げ膳据え膳接待されて、後ろでふんぞり返ってるのが普通なんだけど……」

「けど、なんですか？」

「僕はどうにも役人に見えないみたいで、『なにサボってんだ！』って商隊《キャラバン》の古株の人にドヤされてね。そのままアレコレ下働きさせられたんだよ」

「その時の『お父様』の顔、見たかったです。ふふっ」

「いやでも僕も、じっとしてられない性分だしね。わざと誤解を解かずにずっと働いて、おかげでいろいろ覚えられたな。御者ができるのもその時のいい経験さ」

「なるほど。そういうところ、本当のお母様たちが仰《おっしゃ》っていた通りです」

「……アネスたちはなんて？」

儀礼に則れば両陛下と呼ぶべきところを、逡巡《しゅんじゅん》した後、敢えて呼び捨てにする。

「『お人好《ひとよ》しすぎて、すぐに貧乏くじを引く』って」

「ははは……そりゃ返す言葉もないな」

キールまで煽《あお》るように遠吠《とおぼ》えしてきて、ゼンは苦笑いになった。

一方、エリシャはクスリとしつつ、

「でも『お父様』のそういうところ、好きですよ――」

「エッ」

「――と本当のお母様が仰ってました」

「……オトナをからかうなんて、ワルい子だ」

ゼンは苦笑を通り越して、渋い顔にさせられた。


だがそれでも、同行者のいる旅は良いものだ。なにせ退屈しない。

目的地のトッド村まで、特急使（ペガサスを従わせることに成功した稀有《けう》なエリートたち）ならば三日で着くが、尋常の馬車ならおよそ半月の道程。

キールだけでなくエリシャもいてくれれば、きっと笑顔の絶えない旅路になることだろう。

うち一割ほどは苦笑になるかもしれないけれど、それはそれでご愛敬である。

†

「今夜はあそこで一泊しよう」

行く手に大きな宿場町が見えてきて、ゼンは荷台のエリシャに指し示した。

急ぐ旅でなし、安全のためには夕暮れ前に宿を決める。これも商隊《キャラバン》で学んだ鉄則だ。

その宿決めにもコツがある。自前の馬車のサイズを鑑み、ちゃんと停められる設備があり、且《か》つその中で一番お値ごろな旅館。それが高すぎも安すぎもしない、分相応のランクなのだと。

もちろん、兄姉からたっぷりエリシャの「養育費」をもらっているから、その気になれば皇女殿下に相応《ふさわ》しい高級宿に泊まることはできる。

しかしこれまた当の本人が、早く庶民暮らしに慣れるため否定的だった。

なので陸運局時代の経験を活かし、手ごろな宿を探して決める。

部屋は三階の二人部屋。

巨大な白狼《キール》を見せると宿の人たちが驚くため、後からこっそり窓から入れる手筈《てはず》。

「綺麗《きれい》にしてあるお部屋ですね」

先に入ったエリシャが、室内の清潔さを褒めた。

宮殿で生まれ育った皇女様からすれば、びっくりするほど狭くて粗末な寝室だろうに。

(どうやら殿下は悪いところに不平不満を抱くよりも、良いところに目がゆくお人柄だな)

これは育ちの良さの一言では片づけられない美徳。

ゼンは感心しつつ荷物を置き、窓の木戸を開ける。

それから振り返って、ベッドの片方に腰かけたエリシャに確認する。

「本当に同じ部屋でいいんだね？」

「もう。決めてしまったのに今さらですよ」

ゼンがおかしなことを言い出したとばかりに、クスクス笑うエリシャ。

「キールくんも後から来ますし、『お父様』が心配するようなことにはならないと思いますけど？」

「そりゃそうだけど……」

「わたしに寝顔を見られるのが、恥ずかしいですか？」

「それはこっちの台詞《せりふ》！」

「では大丈夫です。慣れてますから」

楚々《そそ》としつつも、エリシャは堂に入った口調で断言した。

確かに皇族ならば寝室に常に、寝ずの番の女官が侍《はべ》っているのだろう。

（だからって同性同士とは話が違うと思うんだけどなあ）

などと考えていると、出入り口のドアがノックされ、会話を中断する。

下働きの少年が、湯を張った桶《おけ》と手拭《タオル》いを持ってきてくれたのだ。

このくらいのランクの宿ではよくあるサービスで、風呂がない代わりに客は湯を絞ったタオルで汗を拭く。桶は汚れものを雪《すす》ぐのにも使える。

皇女殿下はさすがにご存じないようで、物珍しげにしているのでゼンが説明すると、「なるほど」

と瞳を輝かせた。

冬を前にした時期とはいえ汗はかく。若い女性ならば、すぐにでも汚れを落としたいだろう。

「僕は先に下に行っているから、エリシャはゆっくりしてきなさい」

服を脱ぐ必要があるため、ゼンは気を遣って部屋を出る。

一階が食事処になっていて、別料金で夕食が出るのだ。

「もう親子なんですから、そういう遠慮は要らないんですよ?」

「普通の父娘《おやこ》でもこういう時は気を遣うでしょっ」

人の親になったことはないけど、きっとそうだ。

ゼンは逃げるように部屋を後にした。

(参ったなあ……半ばは僕をからかってるのかもしれないけど、殿下はどうにも無防備すぎる)

もしかしたら女官に傅《かしず》かれ、世話を受けるのが当然で育つ皇族の皆様は、他人の目とかプライバシーとかに頓着が薄いのかもしれない。着替えや風呂さえ女官任せだという話だし。

ハインリからそう感じたことは一度もなかったが、それはゼンが同性だったからかもしれない。

あるいは部屋が同室だったら、こちらの目を一切気にせず裸でうろついていたかもしれない。

(殿下とまともに暮らしていけるのか、先行き不安になるなあ……)

せめてもの救いは、エリシャがまだ十四の少女だということだ。

これがもっと大人の女性だったら、ドギマギして心臓が持たなかっただろう。

まあその場合、ゼンが二人きりで匿《かくま》うという依頼自体なかったかもしれないが。

（よし。僕はもうお父さんになったんだから、娘の悪いところは直していくぞ。たとえ煙たがられても、それもきっと世のお父さんの役目だからな）

ゼンはそう自分に言い聞かせ、不安を追い払った。

もし姉シァラに聞かれていたら、「エア父親の分際で何をわかった風な口を」「もっと肩の力を抜け」とさぞ小馬鹿にされたことだろう。

一方、部屋に残ったエリシャである。

初めてのことで手拭いを絞る要領を得ず、びしゃびしゃのまま体を拭く。

服の着替えは事前に練習していたので、脱ぐのは一人でできた。

お風呂がないのは残念だが、熱い湯に浸ったタオルで体を拭うだけでも気持ちいい。新鮮な体験である。

そうしながらゼンへと想いを馳《は》せる。

（ふふっ。きっとはしたない娘だと思われたでしょうね）

たとえ皇族といえど、恥じらいというものはある。そう躾《しつ》けられる。

だからゼンに対して際どい言動を繰り返したのも――決して無防備だからではなくて――自覚的である。

（ゼン様がわたしの冗談にいちいち反応してくださるから、ついイタズラ心が出てしまいますね）

もちろん、ゼンがそれで妙な気を起こすような人ではないだろうという、信頼が早や醸成されていればこそ、からかうことができるわけで。

それに彼のオトナの度量にも甘えている。いくらおふざけをしても、ゼンならば決して目を剝《む》いて怒りはしないだろう。

世の男は小娘に生意気口を叩《たた》かれでもしたら、すぐに気分を害すのが相場なのに。ゼンにはそういった安っぽいプライドが存在しない。

（本当に母上のお話通りの方。そして、わたしが想像した通りの――いいえ、想像以上の方）

直接会って、わずか一日で実感できた。

だから余計にうれしくて、すっかりはしゃいでしまっているのを自覚していた。

後宮の無味乾燥な人間関係からせっかく抜け出すことができても、同行してくれるのがゼンでなければ、こんなに浮かれてはいなかっただろう。

（ああ、ゼン様……。お会いできる日を、ずっとずっと待ちわびておりました……）

エリシャはタオルを胸に抱くと、八年分もの想いを嚙みしめた。

そう――

実はエリシャは過去に、遠目ではあるがゼンを見かけたことがあった。

まだ幼い六歳の時分だ。

母アネスが後宮にゼンを招き、昼食をともにしていた。

俗に「後宮は男子禁制」と思われているが、これは厳密ではない。

そもそも後宮とは「今上とその家族が住む私的な離宮」であり、それこそ今上が皇子を儲《もう》けていれば、一緒に暮らすのが当たり前である。

またゆえに今上が私的な客を招くため、二の門の手前までは男であっても出入りできるし、男の兵士も警備についている。

アネスとゼンの昼食会は、まさにその二の門の前庭にある四阿《あずまや》で行われていた。

そしてその様子は、後宮本殿にある一室から遠く眺めることができた。

「あれが余《わたし》とアネスの親友の、ゼン・リードンだよ」

一緒に眺めていた父ハインリが、そう教えてくれた。

「エリシャ。おまえが懐いているシァラ・リードンの、弟でもある」

「あれがおうわさの……」

エリシャは興味深く観察して、「とても良い笑顔で笑う人」「優しそうな人」という印象を強く持った。

後宮には世話をしてくれる女官がたくさんいるが、彼女らは「優しい」のとは違うと思っていた。たとえ「笑顔」を見せてくれても、作り物めいて見えていた。義務的、あるいは機械的――そういう本質的な冷たさを、子供心に感じ取っていた。

一方、母もゼンを前にして終始、屈託なく笑っていた。

このごろはずっと恐《こわ》い顔をしているか、難しい顔をしているのがほとんどだったので、大好きな母の久しぶりの笑顔が見られて、エリシャまでうれしくなった。

母を困らせているのが「せいじ」のせいで、エリシャはまだ「せいじ」のことは理解できないので、助けることもできない。それが幼いながらに歯痒《はがゆ》かったのだ。

でもゼンが来てくれたおかげで、母の心が一時でも救われていることが見て取れた。

「ははうえはきっとゼンさまのことが、お好きなのですね」

「……ああ。大好きだね」

「でも、ちちうえもゼンさまのことがお好きなのでしょう？　一緒におしょくじしなくてよろしいのですか？」

「ああ。余《わたし》もゼンのことは好ましく思っているけれど、今日は二人の邪魔をしたくないんだ。アネスに心から笑顔になって欲しいんだ」

そう答えた父ハインリは、見たこともないほど悲しげで、辛《つら》そうで、苦々しげで、曰《いわ》く言い難い表情をしていた。

「アネスはね、昔からゼンのことを愛しているんだよ。余《わたし》ではなく、ね」

そう吐露した父の表情は、恐ろしく陰鬱としていた。

きっと幼いエリシャには理解できないと思って、つい漏らしてしまったのだろう。

「しかしアネスは恋愛よりも執政を選んだ。そして余《わたし》は、それでもアネスと結ばれるならよいと割り切った。余《わたし》はゼンからアネスを奪ってしまったんだ。皇太子として生まれてきた――ただそれだけの理由で、奪い取ることができてしまったんだ」

まるで懺悔《ざんげ》するようにそこまで語って、父はハッと口をつぐんだ。

エリシャの目を、顔つきを見て、気づいたからだ。

幼いエリシャがしかし如何《いか》に聡明《そうめい》な娘か、思い出したからだ。

そう。国政にまつわる話はさすがに難しくても、今の父の言葉の意味や、母とゼンと三人のナイーブな関係のことくらいは、今のエリシャでも正確に理解することができていたのだ。

「今のは忘れてくれ……。いや、誰にも内緒にしてくれ」

娘に対するものとは思えない父の必死の懇願に、エリシャは真剣にうなずいた。

そんな利発な愛娘のことを、父ハインリは――まだ気まずそうにしつつも――改めて感心した様子でぽつりと漏らした。

「余《わたし》とアネスは昔からね、ゼンこそが余《わたし》たちの宰相になってくれると考えているんだ。だけど、もしかしたら違うのかもしれない。ゼンはおまえの宰相になるのかもしれない」

「わたしの『さいしょう』さま……ですか?」

「そうだ。いや今まで思いもしなかったが、考えれば考えるほどしっくりくる」

父は自分一人が納得したように、頻《しき》りにうなずいた。

そして、まるで予言するように告げた。

「憶えておきなさい、エリシャ。いつかおまえが困ったことになった時、きっとゼンが助けてくれるはずだ。彼ほど信頼が置ける者を、余《わたし》は他に知らないのだから」

――亡き父のあの言葉を、エリシャは片時も忘れたことがない。

だからだ。その後も両親の口から頻繁にゼンの話題が出てくるたび、夢中で耳を傾けた。それまでと関心の度合いが違った。

そして、エリシャの心の中でゼンの存在は、日に日に大きくなっていった。

初めて見たゼンの優しそうな笑顔を思い出し、新しく聞くゼンの頼もしいエピソードと照らし合わせ、そのたびにゼンに対する想いを強固にしていった。また色合いを少しずつ変質させていった。

いつか本当に出会える日を信じて、そのいつかを楽しみに待ちわびた。

まさしく恋に恋する乙女の如く。

†

翌朝、エリシャは熱を出してしまった。

びしょびしょのタオルで体を拭き、生乾きの肌の上に服を着て、そのまま夕食をとって寝て起きたら、すっかり風邪を引いてしまったのである。

「まだ秋とはいえ、朝はもう随分寒いからね」

とゼンは慰めてくれたが、そんな問題ではないのはエリシャにもわかる。

今まで身の回りの世話は何もかも女官に任せきりだった皇女の自分が、如何に自立とほど遠い人間か痛感させられる。

湯で汗を拭くこと一つまともにできない、極度の世間知らずなのだと。穴があったら入りたい。

キールまで不安にさせてしまったようで、心配げにこちらを見ている。

「ごめんなさい、キールくん。それに『お父様』。わたしのことはお気になさらず、出発いたしましょう」

とベッドの中からガラガラの声で懇願するが、

「いや。別に急ぐ旅でなし、エリシャが治るまでここに逗留《とうりゅう》しよう」

とゼンは首を左右にするばかり。

「到着が一日遅れればその分、向こうで仕事を一日サボれるからね。僕は大歓迎だよ」

と冗談めかす。

もちろん、エリシャが気に病まないようにと、いたわるためのジョークだ。

（本当にお優しい方……）

弱った心に、ゼンの人柄が余計に沁《し》みる。

しかも一階からあれこれもらってきてくれて、濡《ぬ》れタオルで額を冷やしてくれたり、水差しで湯冷ましを飲ませてくれたり、「食欲がなくてもリンゴは食べられるんじゃないかい？」と皮を剝いてくれたり、ずっと看病してくれる。

でも出されたリンゴのくし形切りはなんとも不格好で、

「実は僕もエリシャほどじゃないけど、お坊ちゃん育ちでね。料理はとんとしたことがない」

とゼンは面目なさそうにした。

エリシャから見れば、一人前のオトナに思えたゼンにもそんな一面があるのだと知って、親近感を覚えた。

それにはにかむゼンも不格好なリンゴも、なんだか可愛いらしかった。

またキールが丸のリンゴにかじりつき、上手に芯だけ残して食べているのを見ていると、エリシャも食欲が少し出てきた。あまり味はしなかったけれど、心で美味《おい》しいと感じた。

昼が近づくにつれ、高熱が止まらなくなった。

汗がひどくて不快に思っていると、ゼンが「拭いてあげよう」と桶に湯をもらってきてくれた。

上体だけ起こしたエリシャが背を向けて服を脱ぐと、よく絞ったタオルで拭いてくれる。

昨日、ちょっとからかっただけで狼狽《ろうばい》していた人とは、まるで別人だ。

背中側とはいえ上半身裸の少女を前にして、ゼンが気後れした様子はない。立派な「父親」として振る舞ってくれている。

むしろエリシャの方が「実の娘」然としていられなくて、タオル一枚を通して背中に感じる男の人の手の大きさに、ドキドキさせられっ放し。今度はこっちが赤面させられる。

前の方は自分で拭きながら、背中まで赤くなっていないかと気が気でない。こんな気持ちがゼンにバレたら、恥ずかしさで死にそう。

「ついでに服も着替えようか」

旅の途中だ、寝間着なんて余分なものはない。旅着の替えをゼンが出してくれて、エリシャはいそいそと着込む。再びベッドに横たわる。

おかげでさっぱりはしたが、熱はやはり下がらない。

「具合はどうだい？」

「ちょっと寒気がします……」

「そうか。キール、頼めるかい？」

ゼンが言うと、キールが心得たとばかりにエリシャのベッドに上がってきた。

一気に狭くなってしまったが、伏せた白狼に抱きつくと、ぽかぽかと温かかった。体の悪寒なんてどこかに行ってしまった。

ホッとしている間にも、ゼンが出かける支度を済ます。

「これくらい大きな宿場なら薬屋の一つや二つはあると思うから、探してくるよ」

「重ね重ねお手数をおかけします……」

「『親子』なら遠慮するところじゃないよ、エリシャ」

ゼンに笑顔で窘《たしな》められ、エリシャは甘えさせてもらうことにした。

「それにお父さんは医薬局に勤めていたこともあるから、薬には詳しいんだよ。と言いつつ総務室だったから、本業の人にはまるで敵《かな》わないけどね」

そうおどけて言いながら、ゼンは薬を買いに行ってくれた。

（父上たちのお話通り、本当に頼もしい方ですね……）

エリシャはなんの不安もなく待っていられた。

だからか、気づけば寝息を立てていた。

まどろみと熱で朦朧《もうろう》としながら、エリシャはキールのさらさらの毛並みに顔を埋《うず》める。

「殿下はまだお眠りかい？　なら薬は後でいいか……」

目を閉じていると、ゼンの声が聞こえた。

寝ている間に、帰ってきたようだ。

エリシャは「また殿下呼び……」と不満に思ったが、熱のダルさと眠さで抗議が億劫《おっくう》だった。

『熟睡しているとは言い難い様子だ。起こして薬を与えるべきではないか？』

目を閉じていると、ゼンとは別の声が聞こえた。

誰か連れてきたのだろうか？

エリシャは気になったが、確認するのも億劫だった。

「いや、本当に辛い時は眠れもしないんだよ。そっとしておこう」

『寝《やす》めるものなら寝んだ方がいい――か。君がそう言うのならば承知した』

どちらも聞いていて、安心できる声だった。

どちらもエリシャの身を深く案じてくれているのが伝わった。

だからか、気づけば再び深い眠りに落ちていた。

そんなアクシデントがいくつかありつつも、ゼンたちは無事シーリン州ナザルフ県に到着した。

皇女殿下が初めてする旅だということを思えば、またお付きがゼンとキールだけであることを考慮すれば、まずまず順調だったといって差し支えない。

いや、かくいうゼン自身がこんなに帝都を遠く離れたのは、生まれて初の経験だった。

暦は十月二十四日。

帝都を発って約三週間が経った計算である。

ただし、まだ異動先のトッド村には到着していない。

その前に土地の県令に挨拶しておくのが、役人世界の慣習だった。

なおカタランの行政区分では、人口千人未満の集落を「村」と呼び、三千人未満を「町」、一万人未満を「市」、それ以上を「都」と定義する。

また「県」とは、一つの市（ないし都）を中心とする地域や町村一帯を指し、「県令」と呼ばれる地方官僚（皇帝が任命）が巨大な権限の下に統治を行う。

さらにちなみに「州」は複数の県からなり、帝国南端のシーリン州には三つの県が存在し、ゼンが赴任するナザルフ県は中でも最南端に当たるド辺境である。

それでも県令がその土地において絶大な影響力を持っているのは間違いないし、彼の不興を買えばどんな迫害を受けるかわかったものではない。

人口四千八百を持つナザルフ市の北門を、ゼンたちがくぐったのはお昼前のこと。

キールに馬車の留守を頼むと、エリシャを伴い、緊張した面持ちで県令府を訪ねた。

ナザルフ県令は名をキュンメル・ホウクという。

歳はまだ四十二と若く、かつては兵部《ひょうぶ》の本省に在籍した秀才官僚である。皇帝ハインリが存命のころその目に留《と》まり、兵站《へいたん》局武庫室長を経て、今の地位に抜擢《ばってき》された。

出身こそこのナザルフだが、帝都暮らしが長かったためだろう、田舎県令らしからぬスマートな服装と立ち居振る舞いを身につけている。それでいて笑うと得も言われぬ人懐こさがある。

そんな実力者に――ゼンは全力で歓待されていた。

てっきり彼の執務室に呼びつけられ、通り一遍の訓告を受けて終わりだと思っていたのに。

なぜか貴賓室《きひんしつ》に招かれ、昼餐《ちゅうさん》といって過言でない豪勢な食事を出され、秘蔵だろう三十年物の葡萄酒《ぶどうしゅ》まで勧められた。

エリシャの正体は絶対の秘密だから、皇女殿下に媚《こ》び諂《へつら》ったわけでもないはず。

（都落ちした平の役人が、こんな歓迎を受ける謂《いわ》れはないんだけどなあ……）

思うところがありつつも、あまり遠慮をしてもかえって県令閣下の気分を害しかねないので、ゼンは恐縮しつつもご馳走《ちそう》になり、アルコールはさすがに辞退した。

「ははあ、ゼン殿は真面目でいらっしゃるなあ」

とキュンメルは一緒に飲めないのを残念にしつつも、しつこくは勧めてこず助かった。

しかし確かに彼の言う通り、ゼンはまだ挨拶に来ただけで、正規の職務で訪ねたわけではない。飲酒したからといって咎《とが》められはしない。

(仕事なんてもう頑張らないぞって決めたのに……習い性ってやつだなあ)

生真面目扱いされても仕方ないと、自嘲の笑みを浮かべるゼン。

一方、キュンメルはエリシャに対しても——あくまでゼンの実の娘と信じた様子で——いろいろ料理を勧めつつ、

「ナザルフはよいところですよ。エズワズ街道沿いですので、辺境と言われてイメージするよりはよほど栄えていますしね。もちろん帝都と比べれば遥《はる》かに鄙《ひな》びた土地ですが、その分自然は豊かだ。何より食べ物が美味《うま》い！　特に近年は州知事閣下の施策で葡萄《ぶどう》栽培と酒造業が軌道に乗り、帝都でも人気を博すような銘酒が次々と生まれています」

と、盛んに地元アピールを続けた。

実際、テーブルの上には所狭しと山海の珍味が並んでいた。

宮殿の晩餐会《ばんさんかい》でもよく使われる鴨《かも》や松露《トリュフ》といった食材の他、内陸にある帝都ではまずお目にかかれない鮃《ひらめ》や牡蠣《かき》といった魚介類も饗《きょう》されていた。

実際、ゼンは海産物なんて文献で知るのみで、口にするのはこれが初めて。

パン粉をまぶしてフライにされた牡蠣の美味たるや、まさに感動ものであった。歯を立てた途端、カリッと割り開かれた衣の中から、旨味《うまみ》と甘味たっぷりの牡蠣のエキスが迸《ほとばし》る。またこの未知の風

味（つまりは磯《いそ》の香り）が癖になる。麦酒《エール》を飲みたくなるというか。

それから鮃。こちらは帝都歌劇団の看板役者《トップスター》もかくやであった。川魚に比べて味が素直で臭みがないため、煮ても焼いても蒸しても美味い。脇役のソースとも互いに高め合う。

実家で食べ慣れた牛や鴨よりも、ついつい魚介ばかりに手が伸びるゼン。

一方、エリシャはこれらが海の物だと聞いて、首をひねっていた。

「帝国は西方以外、海に面していないはずですが、この南でどうやって獲れたのでしょうか？」

「それがナザルフの素晴らしいところなんだよ、お嬢さん」

よくぞ聞いてくれたとばかりに、キュンメルが喜んで講釈を始める。

「およそ五百年前、この辺りはまだアールアネトという王国でね。時の王が国一番の賢者に命じ、西の大洋におわすリヴァイアサンを探させたんだ」

「リヴァイアサンといいますと、伝説の〝一角神公《いっかくしんこう》〟や〝六眼神公《りくがんしんこう》〟の？」

「そう、よく知っているね。さすがはリードン家のお嬢さんだ」

エリシャがしっかり学問教養を修めているのは皇族の嗜《たしな》みだからなのだが、正体を知らない以上キュンメルが誤解するのも当然だった。

「それでその賢者殿は、どうなったのでしょうか？」

エリシャが興味津々で講釈の続きを求める。

世に幻獣魔獣と呼ばれる存在は数多《あまた》いれど、神獣の号を冠するのはわずか五種のみ。

例えば初代皇帝ジュリアンの盟友で、今なお帝国を守護する、ドラゴンがその一種。

そして、リヴァイアサンもまたその一種だ。

西の大洋の深海に棲《す》み、天変地異を引き起こすほどの強大な魔法を使うと伝えられる。

そんな神にも斉《ひと》しい存在をわざわざ探しに行ったというのだから、尋常の事情ではないだろうと踏んで、エリシャは期待しているのだ。

「件《くだん》の賢者は十年をかけて〝一角神公〟キシュエラヴェリガとの接触に成功し、さらに十年をかけて友誼《ゆうぎ》を結んだ。そして〝一角神公〟から目的の魔法を授かり、国へ持ち帰ることに成功したんだ。時の王も大喜びで、早速その大魔法の儀式にとりかかるよう賢者に命じた。彼は人の住めない湿地帯をなんと一夜にして消し去り、代わりに直径百キロに及ぶ海原を出現させた。それでアールアネトら当時の周辺三国は、海運で栄えることになったんだよ」

「まあっ。そんな奇跡みたいな歴史があったんですね」

これが内陸にあるはずのナザルフ市で、海産物が獲れる理由というわけだ。

エリシャも決して不勉強ではないだろうが、さすがに帝国辺境の地理や地方史の一つ一つまで網羅するのは限度がある。

それこそゼンのように上級官吏試験を受けるのでもなければ、帝都にいる限り滅多に必要にならない知識。

「僕たちが住むトッド村からも、少し足を延ばせばその海が見えるからね。驚かせようと思って黙っていたけど、実は一度連れていくつもりだったんだよ」

「ふふっ。楽しみにしていますね、『お父様』」

「うん、かくいう僕も海は見たことがないから、楽しみなんだ。これを機に釣りも始めようと思っていてね」

「ほう、釣りですか」

エリシャに向けたゼンの言葉に、横からキュンメルが食いついた。

彼自身、釣りが趣味だったようで、竿《さお》を動かすジェスチャーをしながら、

「ナザルフ県は海釣りもいいですが、川釣りも面白いですよ。アール川とアネト川に挟まれた土地なのはご存じでしょう？　源流は同じなのに、不思議と棲む魚が違うんです。それに湖ごとにも違っていたりして、次はあそこで釣ろうここで釣ろうと飽きがこないのですよ」

と熱心に教えてくれる。

相手が県令閣下なので畏れ多いが、でなければ一緒に行って手ほどきしてもらいたいくらいだ。

ともあれ、キュンメルは趣味の話になるとますます饒舌《じょうぜつ》になった。

そして釣りにまつわる悲喜交々《ひきこもごも》を楽しく聞かせてもらった後は、公務にまつわる雑談に移る。どこまでも仕事から自由になれない、役人の悲しい性だ。

「おお、するとゼン殿も武庫室にいらっしゃったことが？」

「配属されたのが五年前ですから、キュンメル閣下の室長時代とは微妙にズレておりまして」

「なるほど、私がこちらへ赴任となったのとちょうど入れ替わりですな。フフ、あそこは中央官庁とは思えない軍隊ノリで、大変だったでしょう？」

「ええ、まあ……はい。何かミスをしちゃうとすぐ『歯を食いしばれ』ですからね」

「ハハハ、懐かしい！　私も配属当時は生傷の絶えない日々でしたよ」

「かく仰《おっしゃ》る閣下が室長でいらっしゃった時代は、そういう悪習は禁じておられたと聞きました。なのに閣下がご栄転でいなくなった途端、また軍隊ノリが復活してしまったと……武庫室の先輩たちがずっとぼやいていましたよ」

「ハハ、そうですか。口うるさい室長がいなくなって清々したなどと、言われていなければ幸いですが」

　などと同じ部署で働いた経験を持つ同士、苦労話に花が咲く。

「ただ僕は半年ほどでまた異動になりましたので……武庫室で長年活躍していらっしゃったキュンメル閣下と同じ苦労を語るのは、お恥ずかしい話なのですが」

「なんと。たったの半年で転属辞令が？」

「ええ。ようやく仕事も憶えられて、上司に殴られずに済むようになってきたと喜んでいた矢先にですよ。ひどい話ですよ」

「…………」

「まあ、僕はどこの部署に行っても半年そこらで転属辞令をいただいて、いわゆるたらい回し状態にされてたので。そのひどいのが、いつものことだったのですが」

「……それは。……さぞご苦労があったでしょうな」

「本当ですよ！　異動のたびに一番下っ端から始めて、雑用を押し付けられて。でも頑張ってようやく仕事がまともにこなせるようになったころには、またすぐ異動という有様で。おかげで僕はこの十四年間ずーっと雑用、雑用です」

「……それはどちらの部署でも毎回同じだったと？」

「はい。やっと仕事が面白くなってくるたび、すぐリセットです」

「直前に勤務なさっていた主税局でも？」

「はい、同じ結末です。正直、役人人生に疲れました」

「ふーむ」

キュンメルが腕組みし、何やら考え込む様子を見せた。

面会してからずっと明朗快活な能弁ぶりを見せていたエリート官僚が、急に歯切れが悪くなってきたと思えば、とうとう黙りこくった。

「……キュンメル閣下？」

「いや、ゼン殿。さすがというしかないなと感心しておったのですよ」

「はあ」

何がさすがなのかわからず、ゼンは生返事をする。

「どこの部署に行っても、どんな仕事をやっても、ゼン殿はわずか半年で適応なされたのでしょう？並大抵のことではありませんな」

「いやいや待ってくださいよ……。一人前といえば聞こえはいいですが、雑用係からようやく人並みレベルになれたという程度の話ですよ？　そして、それを何度も何度も繰り返す羽目になった。こんな情けないキャリアの官僚、僕くらいの話ですよ」

「ゼン殿でなければ、なかなか真似《まね》できないキャリアというお話ですな」

お世辞にしても持ち上げがすぎるのではないかと、ゼンは困惑する。

しかしキュンメルはあくまで大真面目な態度だった。

また話題が仕事のことになって、エリシャがしばし蚊帳の外になっていた――それでもニコニコ話を聞いていたのは、皇女殿下の嗜みゆえだったが――ことに気づいた県令閣下が、少女にもわかるように説明した。

「武庫室というのは、兵站局でも特に重要な部署でね。配属されるのは将来を嘱望《しょくぼう》された官僚ばかりなんだ。当然、求められる職務のレベルも高くて、私などは一人前扱いされるまで五年もかかってしまったほどだよ」

と語りつつ、今度はゼンに目を向けて、

「それをゼン殿はわずか半年でというのですから脱帽ですな。貴殿は大したことではないと仰るが、では五年間も上司に殴られ続けた私の立つ瀬がありませんよ」

とキュンメルは最後に自嘲半分、おどけてみせたのである。

たちまちエリシャが瞳をキラキラさせて、「『お父様』って凄《すご》かったのですね！」とばかりに見つめてくるではないか。

ゼンとしてはくすぐったさを通り越して居心地が悪い。

「あのねエリシャ、本当に凄い人ってのはキュンメル閣下みたいに、どんどん出世する方だからね？　そのエリート揃《そろ》いの武庫室で、さらに際立っていらっしゃったってことだからね？」

お世辞を真に受けちゃいけないよと、慌てて諭さねばならなかった。

しかしエリシャはゼンに向ける眼差しを変えず、「どちらも凄いというお話ですね！」とばかりに瞳をキラキラさせたまま。

あげくキュンメルまで「ゼン殿はどうにもご謙遜がすぎる人のようだ」とばかりの苦笑顔。

地方官僚のトップである県令職まで上り詰めた人に、こんな態度をとられた日には、一介の小役人としてはどうしていいのやら。

（いやそりゃ互いにリスペクトがある方が、いい関係に決まってるけどさ。その逆よりはずっと理屈としてはわかるけども、だんだんご馳走が喉を通らなくなってくる。

腹もそろそろ八分目になっていた。エリシャなどは既に食事を一段落つけたところで、デザートに生の葡萄を使った菓子をいただいていた。

キュンメルもそれを見計らったように新たな話を切り出した。

「財務庁主税局といえば、この帝国にとっての重要な部署です。それこそエリート揃いという点では、武庫室とは比にもならない。そんな部署からゼン殿が、こんな田舎の村役場に異動させられるなど、人材の無駄遣いとしか思えません。正直、最初は耳を疑いました」

（まあ左遷にしても、このレベルはなかなかないですよね……）

「ですが今日、ゼン殿から直接話を伺って、納得がいきました。きっと何かご事情があるのでしょう？　たくさんの部署をたらい回しにされているのだって、きっとそうだ。貴殿の兄君である式部尚書閣下のご意向では？」

（この人、鋭いなあ）

実際今回の左遷は、皇女殿下を匿《かくま》うためという裏事情がある。

一方で、やはり誤解があるとも思った。

「部署をたらい回しにされるのに、まともな理由なんてありませんよ。僕が至らないだけです」

「そうでしょうか？　それだけたくさんの部署の仕事を、実地で学ぶことができたと言えるのではありませんか？」

（……まあ確かに、六省の職務で僕が知らないことはないかもしれない）

雑用ばかりやらされてきたとはいえ、そこにはその部署の職掌の基礎が——誤解を恐れず言えば本質が詰まっている。

それにゼンだってただ闇雲に日々の仕事をこなすのではなく、そこから一つでも学び取ろうという姿勢で勤務していた。

だからこそどこの部署でも半年以内に、一通りの職務はできるようになっていた。

「でもそれって意味がありますかね？　ただの器用貧乏って言いません？」

六省全ての職務を知るよりも、一つの省庁で集中的にキャリアを積んでこそ、官僚としての成長もあるのではなかろうか？

それこそ尚書職なんて、各省における最大のエキスパートが就くのがカタランの慣習だ。

果たしてキュンメルは答える代わりにこう言った。

「もしゼン殿がよろしければ、県令府に相応《ふさわ》しいポストを用意させていただきたい。あるいはそれが役不足ということでしたら、州知事閣下に推薦状をお書きしますが？」

ゼンのことを器用貧乏どころか得難い人材であると、あくまで高く買ってくれた。

そして、これこそが今日ご馳走してくれた本題に違いない。

（でも僕は正直うれしくないんだよなあ！）

普通であれば、これほどありがたい申し出もないだろうが。

「お恥ずかしい話ですが……僕はもう必死に働くことに疲れてしまったんですよ」

さっきもチラリと言ったが、再度強調した。県令閣下直々にここまで好待遇を提示されて、適当に誤魔化すのはあまりに誠意に欠けると思った。

「……そう、ですか。……そういうことならば、致し方ありませんな」

聞いたキュンメルはひどく――そう、ひどく残念そうな顔でしばらく瞑目《めいもく》した後、未練を断ち切るようにまた人懐っこい笑みを浮かべた。

そして、別れ際にこう言ってくれた。

「もし何かお困りの時は、ぜひご相談ください。もちろんプライベートのことでも、ご遠慮なく。それと私の方でも、ゼン殿のお知恵を拝借することがあるかもしれません。その時は良しなに」


ナザルフ市からトッド村まで、夕暮れ前には到着するとのことだった。

エリシャは馬車の荷台で揺られ、包んでもらった肉料理をキールに食べさせる。

そうしつつ、御者台にいるゼンの背へと話しかける。

「ふふっ。キュンメル様ったら『お父様』のこと、下にも置かない扱いでしたね」

本当に自慢の父親を持った娘みたいな気持ちで、エリシャまで鼻が高い。

ところがゼンは前を向いたまま肩を竦《すく》めて、

「まあ、確かに僕自身のことも、過分なくらい買ってくださってたと思う。でも一番はやっぱり僕がリードン家の人間だから、気を遣ったって理由が大きいと思うよ」

凄いのはあくまでお家の威光だと、一笑に付した。

「そうでしょうか……？」

エリシャはちょっと納得がいかない。

確かにキュンメルは、自分に対しては「さすがはリードン家のお嬢さん」という褒め方をした。

しかしゼンに対して一度でも、その手の表現を使っただろうか？

何よりエリシャの目では、キュンメルは常にゼン本人に敬意を払い、背景にあるお家事情だの威光だのは一顧だにしていなかったように見えたのだ。

でもゼンは頑《かたく》なで、

「そうなんだよ。別にそれが決まりってわけじゃないのに、僕は県令閣下に挨拶しに行った。同じように県令閣下もリードンの家名を無視できない。確かに帝国は何かと公平なお国柄だけど――やっぱり人のやることだからね――どこかに私情が挟まることはあるものさ。だからウェットな人間関係も疎《おろそ》かにしない、それが役人世界の本音と建て前ってもんだよ」

などと、したり顔（見えないけど多分）でエリシャに諭してみせる。

（それは……わたしには役人の常識なんてわかりませんけど！）

皇女としてはまだ勉強中で、政務に携わったこともない十四歳の少女が、この論法を使われたら敵《かな》うわけがない。何しろ相手はエリシャの年齢と同じだけキャリアを積み、数々の省庁を渡り歩いてきた男なのだ。

「『お父様』がそう仰るなら、もうそれでいいですっ」

ぷくーっと子供っぽく頬を膨らませるエリシャ。

宮殿であれば目を剝《む》いて無作法を咎められるだろうが、今は庶民のふりをしているので問題ない。もう知らない。

その膨らんだ頬を、キールが『エリシャに同意だよ』とばかりに舐《な》めてくれた。

†

トッド村は森の奥深くにある、人口五百の小さな集落だ。

ここシーリン州は、辺境の例に漏れず過疎化が進んでいたところを、二十年前に就任した州知事の地域振興政策――キュンメルの言っていた葡萄栽培と酒造業――により、人口回復したという歴史がある。

ためにこのトッド村も一度は過疎で廃村となっていたところを、人口増の受け皿として十年前、新たに再建されて現在があった。またなおシーリン州各地に同様の、行政主導の再建村が点在する。

村民は主に森を開墾し、畑作りや炭焼き、畜産で生計を立てる。狩人も少なくない。

作物は州知事の指導によりジャガイモが主。シーリン州は比較的温暖なため、冬に植えて春に収穫する。

そして夏から秋にかけては近隣の大規模な葡萄畑へ、出稼ぎに行くというサイクルだ。

そういった事情もあって、トッド村の家々は新築ばかりが立ち並ぶ。

しかも若者を呼び戻すため再建には税金が投入されており、どこも立派な家構えをしていた。

例えばこの時代、帝国に限らず小さな村の家屋といえば、土間一部屋しかないのが相場。台所も寝室も一緒くたで、囲炉裏を中心に家族全員が、身を寄せ合うようにして暮らす生活様式だ。

これがトッド村ではちゃんと床張りの家となっており、部屋も二つ三つあるのが当たり前。二階建ても散見できる。

住み心地という点では比較にもならないだろう。

ゼンがエリシャたちと住むことになった家は、中でも大きな二階建てだった。

寝室は二つに分かれ、それぞれに暖炉を完備。書斎として使える部屋まである。窓は贅沢《ぜいたく》にもガラス製だ。

以前は村役場の部長一家が住んでいたが、最近出世して県令府のあるナザルフ市に引っ越していった。ゼンはその入れ替わりで、この村一番の家を宛がわれたのである。

「あんた、運がいいねえ！」

と、隣に住む恰幅《かっぷく》の良いオバサンにも言われた。

エリシャとキールに留守番を頼み、ご近所の挨拶回りをしている最中だ。

（多分、ヨヒア兄辺りが手を回してくれたんだろうけど）

皇女殿下にあまり貧しい想いをさせるわけにはいかないという、リードン家の配慮に違いない。

いくらエリシャ本人に身を窶《やつ》す覚悟があれどだ。

ゼンだって自分一人なら質素な家で構わないが、エリシャには可能な限りの上等な暮らしをさせてあげたい。臣下としても、「父親」としても――何よりアネスとハインリの忘れ形見を託された身としても。

一方、オバサンは逞《たくま》しい仕種《しぐさ》で自分の胸をドンと叩《たた》き、

「あたしゃドンナってもんだ。困った時はいつでも言いなよ。ただでさえお役人サマは仕事が忙しいのに、こんな田舎で男手一人、娘を育てるなんて大変だろうしねえ」

と世話好きな一面を見せる。

ゼンもありがたく気持ちを受け取り、「その折はよろしくお願いします」と頭を下げた。

村に到着するのが夕刻前だったこともあり、挨拶回りが終わったころには日が暮れかかっていた。

「ただいま、エリシャ。キール。晩御飯にしようか」

玄関入ってすぐがこの新居の中で最も広い居間なのだが――笑顔で扉を開けたゼンは、中を見て

その笑顔を強張《こわば》らせた。

鍋や包丁といった台所用品。衣類や洗濯桶《おけ》。羽ペンやインク瓶。その他にも鋏《はさみ》、手拭い、箒《ほうき》、薪、等々。

こちらに来てすぐ入り用になりそうな生活雑貨を実家から持ってきたわけだが、馬車に載せていたはずのそれらが全て居間に散乱していたのである。

「あ、嵐でも来たのかな……？」

「ごめんなさい、『お父様』……」

居間で呆然《ぼうぜん》とへたり込んでいたエリシャが、震え声で謝ってきた。

「『お父様』が挨拶回りに行っている間、ただじっと待っているのもどうかと思い、私が荷下ろしをしておこうと奮起してみたのですが……」

「うん……偉いね、エリシャ。……君はとても気が利く子だ」

「ですがいざやってみたら、どこに何を仕舞えばいいのかが皆目見当がつかず……」

「うん……民家に住むのは初めてだもんね」

「完全に勇み足になってしまい、途方に暮れていました……」

「うん……気持ちだけはうれしいよ。本当にうれしい」

散乱した日用品を眺め、ゼンもまた途方に暮れる。

なぜなら自分だって幼少時は広い屋敷に住み、現在でも身の回りの世話の大半を使用人にやってもらっていたクチだからだ。

生活能力に関しては人のことは言えず、甚だ疑問がある。

丸まって寝ているキール（まるで他人事！）を羨みつつ、

「よし、エリシャ。どこに何を置くと便利かは明日からゆっくり話し合うとして、急いで暖炉に火を入れるよ」

帝都南部は温暖だが、トッド村は森に囲まれている。だからこの時期はもう夜になると冷え込むから、気をつけろとドンナが教えてくれていた。

手伝うと言って聞かないエリシャと一緒に薪を運び、居間の暖炉に積み重ねる。

火を点ける役はゼンが行う。実家から持ってきた火打石と火口を使うのだが、これもいざ自分で試してみるとなかなかに重労働だった。薪の最初の一本がしっかり燃え始めるまで、どれだけ火打石を打ち合わせたか。思えば実家の使用人たちも楽にはしていなかった。

ともあれ一度しっかり火が入れば、暖炉は頼もしいほど室内の空気を温めてくれた。着火作業で汗だくになったゼンには、今ちょっとありがたくないけど。

しかし、拍手で喜ぶエリシャの顔を見ていると、なんだかこっちもうれしくなってきた。父親冥利というものが少しわかった気がした。

「じゃあ台所の竈《かまど》と二階の寝室の暖炉にも、火を移そう」

「はい、『お父様』」

手分けして薪を運んだ後、ゼンが居間の暖炉から既に燃えた薪を一本ずつ、火鉢でつかんで持っていく。これを竈に入れれば、今度は苦労して火打石を使う必要はない。

「これで温かいものが食べられますね」

「さすがにお腹が空いたよ」

「ふふっ。お昼をあんなにいただいたのに」

その昼に余った煮込み料理を、キュンメルが鍋ごと持たせてくれていた。

竈にかけて、今夜は楽をさせてもらう。木皿や匙《さじ》は実家から持ってきたものがある。

台所にあった四人掛けの食卓で、ささやかな夕食を二人で。

「ご挨拶回りはどうでした、『お父様』？」

「それがいい人たちばかりで、安心したよ。やっぱりできたばかりの村だからかな」

古い村だと余所者《よそもの》に対し、ひどく排他的なケースも多いと聞く。それこそ人の移り変わりが激しい町と比べて歴然だと。

（これもヨヒア兄辺りが殿下のために、住みやすい場所を探して選んでくれたんだろうな。シァラ姉にそんな細やかな気配りが、できるかできないか微妙だし）

さすがは辣腕の若き尚書閣下、我が兄ながらその腕の長さに舌を巻く。

「明日は役場に出仕なさるんですか？」

「いや、十一月の一日までに着任するようにって辞令だからさ。一週間はあることだし、それまではじっくり家のことを整えようかなって」

仕事はもう頑張らないと決めた。

どうせ頑張るならエリシャのために頑張りたい。

だからまずは生活基盤を築き、安心して二人（と一頭）暮らしができるようにしたい。

やはり旅疲れがあったのだろう、その晩ゼンは意識が落ちるように眠れた。

さらに正直に言えば、エリシャとようやく寝室が別々になって、緊張せずに済んだのも大きい。

この時代の一般的なベッドは、木の枠に乾燥した藁《わら》を敷き詰めたものを使う。

道中の宿場でもずっとそうだった。

藁ではなく、布にたっぷりと綿を詰めてベッドに敷くのは富裕層だけ。

そして、この家のベッドがまさに後者。

生憎と綿が湿気ていたが――以前の家人が引っ越し、しばらく干されていなかったのだろう――

それでも硬い藁と比べれば、雲泥《うんでい》ならぬ雲木《うんぼく》の差の寝心地であった。

そのまま朝までぐっすり熟睡できた。

「――って思ったのになあ」

実際は夜明け前に目が覚めて、ゼンは憮然《ぶぜん》顔でぼやく。

やけに冷えると思ったら、寝ている間に暖炉の火が消えていた。

薪が燃え尽きたのが原因だ。

(居間からまた火を持ってくるか……)

想像以上の寒さに震えながらベッドを抜け出し、月明りを頼りに階段を下りる。

暗くて足を踏み外しそうで、慎重に一段一段下りていく。

実家では使用人たちの不断の管理で、暖炉なり燭台《しょくだい》なり絶えず何かが灯っていたが、火のない夜というのはこんなに不便なものかと痛感する。

そして、居間までたどり着いてがっかり。こっちも暖炉の火が燃え尽きていたのだ。

「失敗だ……」

このまま震えて寝るしかないのかと、肩を落とすゼン。

すると、

「『お父様』……？」

居間を覆う闇の中から、エリシャの怪訝《けげん》そうな声が聞こえた。

「ああ、君も下りてきていたのか」

「寝室の暖炉が落ちてしまって、キールくんに包《くる》まって寝てました」

ゼンが月明りを頼りに目を凝らすと確かに、床で丸まって眠るキールの巨体に包まれるように、エリシャが横になっていた。

あちらも目をこすりながら、こちらを見ていた。

「『お父様』もご一緒にどうですか？　キールくん、とっても温かいですよ」

「はっ⁉　えっ⁉　それはどうだろうかっ」

この皇女殿下はいきなり何を言い出すのだろうかと、ゼンは泡を食う。

一緒にキールに包まって寝るなど、そんなのもう同衾《どうきん》だ。

宿場ではずっと同室で寝《やす》めど、ベッドの共有だけは一線を引いてきたのに。

「ふふっ。『親子』なんですから普通のことですよ？」

どんな顔でエリシャが笑っているのだろうかと、暗闇で見えなくてよかった。想像するのも恐《こわ》い。

「僕と殿下は普通の親子ではないでしょうに……」

「また敬語に殿下呼び」

「と、とにかく普通じゃないっ」

「そんなの意識し始めたら、今後ずっと暮らしていくのなんて難しいと思いますけど？」

「ぐっ」

エリシャの言うことにも一理あって、ゼンは反論に詰まった。

「……わかったよ。今日は一緒に寝よう」

ゼンは腹を括《くく》ると、エリシャの隣で一緒にキールに包まる。

ただし横臥《おうが》して、しっかり背を向けるように。

ところが、するとエリシャもぴったり背中をくっつけてきた。

抱きつかれたりしたわけではないが、ギクリとさせられること甚だしい。もう冷や冷やものだ。

皇女殿下への畏れ多さも然《さ》ることながら、もしこんなところを兄姉たちに見られたら――あり得ない仮定の話――自分は殺されてしまうだろう。

「ふふっ。こうするともっと温かいですね」

「……大人をからかうなんて、悪い子だ」

どんな顔でエリシャが笑っているのだろうかと（略）。

さておき。

「薪を切らしてしまって、悪かったね。僕のミスだ」

「あの量では充分ではなかったと、わたしも知りませんでした」

だからゼン一人のせいではないと、エリシャは弁護してくれる。

その優しさは受け止めつつ、ゼンはかぶりを振った。

「僕はね、人口一万の都が年間にどれだけ薪を消費するかとかなら、すらすら言えるんだよ」

役所経験云々《うんぬん》以前の、官吏登用試験レベルの問題だ。

それを人数と日数で割ることで、一人頭の一日の薪の消費量を概算することができる。冬場の方が当然、夏場より消費することも計算に入れれば、さらに精度は高まる。

「でも僕はそんなの昨日、考えもしなかった。端《はな》から足りると思い込んで、計算しようともしなかった。これぞ役人脳ってやつだよ。机上の計算は速いけど、実態がまるでわかってない。反省多々だね」

自分がどれだけ仕事人間で、生活能力に欠如があるか思い知らされる。

「『お父様』にもできないことがあったんですね。お料理の他にも」

「僕をなんだと思ってるんだい……。できないことだらけだよ」

完全無欠なのは兄姉たちの方で、同期に出涸《でが》らしと陰口を叩かれている男だ。

真顔で「リードン三兄弟じゃなかったんですか？　もう一人いたんですか？」なんてびっくりされたこともある。

「真剣に十月中は、この暮らしに慣れることに専念しないとね」

半分は仕事に行きたくないという気持ちだったが、甘く見ていた。

また予期せぬトラブルが発生する可能性大だし、今度はシャレ抜きに命に関わるかもしれない。

田舎でのんびり趣味三昧とか、これでは夢のまた夢である。

「わたしもお料理とかお掃除とか覚えて、キールくんと一緒に家を守れるようになって、『お父様』が安心してお仕事に行けるよう頑張りますね」

「いえっ、殿下にそんな雑用をしていただくわけには……っ」

「また敬語に殿下呼び」

「……僕がしっかりすればいいだけで、エリシャが頑張る必要なんてないんだよ」

「娘の成長機会を奪うなんて、ひどい『お父様』ですね」

「いやそれは話が違うよ。エリシャはいつか宮殿に戻るんだ。必要になるのは皇女としての学問教養や宮廷作法で、家事じゃない」

「では礼儀作法には自信がありますので、学問教養については『お父様』が今後教えてください。その上で家事も頑張ります。市井《しせい》の暮らしぶりも知る庶民派の皇女というのも、素敵ではないですか？」

「それはそう……だけど、教えるのが僕じゃ力不足だ」

「ですが、『お父様』は少なくとも上級官吏登用試験に合格してます。今のわたしでは挑戦することさえおこがましいです。でしたらせめて私が合格できるくらいになるまでは、『お父様』が教えてくださるのに不足があるとは思いませんけど？」

「……それも確かに」

不承不承、うなずくゼン。

雑用の件とか、なんだかいろいろ丸め込まれた気がするが、この皇女サマにどうやら口で勝てそうにない。

(世の父親は娘に甘いと聞くけれど、僕も案外そのクチなのかもしれないな)

自嘲の笑みを浮かべ、目を閉じる。

いろいろ考えたら頭が疲れた。

それにキールとエリシャの体温《ぬくもり》に包まれ、眠くなってきた。

「おやすみ、エリシャ」

今度こそ朝まで、ぐっすりと熟睡する。


「おやすみなさい、ゼン様」

背後で彼の寝息が聞こえてくるのを待ち、エリシャは体勢を入れ替えた。

「明日から一緒に頑張って、良い家庭を築きましょうね——な～んて」

ゼンの広い背中に後ろから抱きついて、自分もまた瞼《まぶた》を閉じた。

第五章　仕事人間ここにあり

翌朝。

どこで薪が手に入るか訊《たず》ねるため、また差し当たって融通してもらえないかお願いするため、ゼンは隣のドンナおばさんを訪ねた。

「昨日の今日で早速、頼ることになってお恥ずかしいのですが……」

「あっはは！　いいよ、いいよ。いつでも言いなっつったのはアタシだからね」

玄関前で恐縮するゼンに、ドンナは快活に笑い飛ばしてくれた。

また彼女が教えてくれるには、トッド村には雑貨屋が五店舗あり、そこに行けば大概の必需品が買えるという。

薪についても村には樵《きこり》がたくさんおり、雑貨屋が一度彼らから買い上げ、村人たちは雑貨屋から購入する流れ。樵からは直接買わないのが、暗黙の了解だと。これは農産物でも狩猟肉でもなんでもだと。

（なるほど。雑貨屋を一度通すことで、村という隔離社会の中でも常にお金が通用することになるし、相場も決まるってことか。誰かがこれをやらないと、この村の中だけ原始的な物々交換の時代に戻ってしまうもんな）

聞けばそのシステムの深い意味まで、ゼンは即座に理解できる。

でも聞かなければ村人がどういう風に暮らしているのか全く知らない、これも机上に生きる役人脳といえた。

「教えてくれてありがとうございます。早速、買ってきます」

「まあ待ちなよ、ゼンさん。今日は店は休みだよ」

「五店舗全部がですか？」

「ああ、もちろん」

それが常識ってもんじゃないのかい？　とばかりにドンナがきょとんとする。

ゼンは少し考えて質問する。

「もしかしてどの店で薪を買っても、同じ値段ですか？」

「そりゃそうだろうさ」

またドンナにきょとんとされて、ゼンは納得した。

（なるほど、五店舗で談合していると）

休みの日を示し合わさないと、自分だけ営業して他を出し抜こうとする店が現れ、そうはさせじと最終的に休みをとること自体ができなくなる。

また物価相場を示し合わさないと、安売り合戦が始まって五店全ての利益が減る。

だからこその談合、と聞くとなんとも阿漕《あこぎ》に思えるが――ドンナの様子を見るに、雑貨屋たちに対する悪感情は窺《うかが》えない。

恐らく五店とも、良心的な価格設定を心がけているに違いない。

（この村の規模に対して、五店というのがちょうどいい塩梅《あんばい》なのだろうな）

談合により過当競争は避ける一方で、逆に五店で示し合わせて村人からぼったくってやろうとは、だから考えない。そんなあくどい真似《まね》をせずとも、充分に利益が出るのだろう。

結果、村人も雑貨屋も皆損をしないし、需要と供給の安定を小さな村にもたらしている。

ゼンたちはよく「官民」という言葉を使うが、トッド村の雑貨屋は「民間」でありながら、「官庁」の理想に近い機能を果たしているというわけだ。

もちろん今後、新規店舗の参入があれば話は変わってくる。既存五店は生き残りを懸けて競争を強いられ、今ある物価や供給のバランスは混沌《こんとん》となる。

が、こんな田舎村の小さな市場に、わざわざ割って入ろうという物好きはおるまい。

そもそも店を営むことができるほど、算の立つ人間が希少なのだ。

まだまだ識字率も低い時代である。庶民が学を得ようと思ったら、高い授業料を払って町の私塾に通うしかない。先進的なカタランには一応、公教育の理念はあるが、それだって各州都にある学府（官製の学校）に入るためには、高い知性を認められなければならない。

――等々。

ドンナとの日常的会話から、つい村の社会構造分析まで思索を広げてしまうゼン。

もう頑張らないと言いながら、官僚視点で見る癖が抜けない。

そんな沈思黙考するゼンの姿が、ドンナの目にはどう映ったか――

「たかが薪って、ボーッと考えてちゃダメだよ、ゼンさん！　ちゃんと蓄えとかないとさあ。今はまだいいけど、冬になったら命に関わるからね」

「アッハイ」

「今日はウチにあるのを分けてあげるから、持っていきなよ。というかさ、その調子じゃ食材《たべるもん》もないんじゃないかい？　それもウチから持ってきな」

「重ね重ねスミマセン……」

「お役人さんは賢いけど、頭でっかちなところがあるからねえ。実はアタシの姪《めい》もここの役場で働いてんのさ。昔から口ばっか達者で、洗濯の一つもできゃしない娘だよ。あんたもそういうトコ、あるんじゃないのかい？」

「返す言葉もないです……」

社会構造分析はできても、今日の暮らしもままならない**生活力弱者**のゼンは、ドンナの言葉いちいちの説得力に打ちのめされた。


そして、生活力皆無という点にかけては皇女殿下の方が、ゼンに輪をかけているわけで――

「今すぐ包丁を離すんだエリシャっ」

「『お父様』こそ離してください、ジャガイモが切れませんっ」

「ジャガイモは切る前にまず皮を剝《む》いて芽を取るんだよっ。僕でもそれくらいは知ってる」

兵部省《へいぶしょう》にいた時分、野営訓練のマニュアルにそう書かれていたから。

「エエッ。こんな凸凹したものの皮をどうやって剝くというのですか……。まさか手？」

「だから今すぐ包丁は僕に渡してエリシャはキールと遊んでなさい」

「『お父様』だって料理はまともにできないのですから、ここは私に任せてキールくんと散歩にでも行ってください」

「目を離したら絶対手が包丁傷まみれになるだろ君ぃ！」

仕事はできても家事はできない男と、宮殿の外のことは全く知らないお姫様の間で、果てしなく低次元なやりとりを続ける。

「あ、わたし、わかってしまいました！　こんな風に皮と芽ごとざっくり周辺を切り落としてしまえば、簡単に処理できます。なるほど、ジャガイモは芯だけ食べるものだったのですね」

と無邪気に瞳をキラキラさせるエリシャはひどく愛くるしかったが、

「そんな贅沢《ぜいたく》な食べ方は王侯貴族のやることだよ」

とゼンは苦笑を禁じ得ない。

でもじゃあエリシャは皇族だからいいじゃん、という考えはすっかり抜け落ちていた。まあとにかく止めるので必死だった。

張り切って台所に立ってくれる意欲は買いたいが、何しろ包丁の持ち方が危なっかしくて見てられなかった。

昼食にジャガイモを蒸かして食べようという話になって、たったそれだけのことで一騒動だ。

「『親子』で初めての共同作業、とっても楽しいです」

「僕はどっと疲れたよ……」

それに初めては昨日の薪運びだろうと、ツッコむ元気もない。

蒸かした芋に塩を振り、さらに鍋の余熱で溶かしたチーズをかけて、簡単な一皿がどうにか完成。

今ごろになって起きてきたキールが、『私の分はないのか?』とばかりの当然顔で要求してくるので、「こっちの苦労を知らず……」と恨めしい。もちろん、出してやるけど。

なお普通の犬ならジャガイモ、チーズ、塩分、全て摂りすぎは危険なのだが、この巨大な白狼《はくろう》は人間と同じ食事を平気でする。

ゼンとエリシャも台所の食卓に着く。

同時に一口食べて、感想を一言。

「口の中がなんだかゴリゴリします、『お父様』……」

「芯が残ったまま、ちゃんと蒸かせてないんだ……」

続いて感想第二弾。

「塩の振りすぎでしょっぱい……」

「こっちは足りなすぎで味がしません……」

二人で手で顔を覆う羽目になった。

キールの何も不平を漏らさず、床に置いた皿を黙々と平らげてくれる優しさが沁《し》みる。さっきはムカついてゴメン。

「参ったな……。こんな簡単な料理くらいは、僕たちでもイケると思ったんだが……」

「大分見込み違いというか、過大評価でしたね……自分への」

「まさか料理を美味《おい》しく作ることが、こんなに難しかったとは……」

「宮廷の料理人たちが如何《いか》に偉大か、改めて噛《か》みしめる想いです……ゴリゴリ」

「後でもう一度、恥を忍んでドンナさんにお願いに行くよ。料理を教えてくださいって」

「もういっそ、家事を全て一から教わるくらいの気構えが、必要ではないでしょうか？」

「……そうだね。もういい大人なのに……なんて言ってられないな」

ゼンはエリシャとうなずき合った。

キールが『じゃ。頑張って』とばかりに、さっさと二度寝に戻った。

「親子の共同作業の結晶」をモソモソと食べた後、二人でドンナにお願いに行く。

根っからの世話焼き気質らしいオバサンは、呵々大笑《かかたいしょう》とともに引き受けてくれた。

「いいよ、いいよ。ちょうどダンナの方の姪っ子が年頃で、家事を習いたいって言い出しててね。まとめてアタシが面倒見てあげるよ」

「ありがとうございます。ところでその淑女はおいくつなんですか？」

「今年で六歳になったんだよ」

「「…………」」

僕たち六歳児と同じ扱いかあ、と一緒に絶句した。

つまり何も言い返せなかった。

そんなこんな、すったもんだがあって——あっという間に十月末日が来てしまった。

明日からはもう村役場に出勤しなくてはいけない。

その間の修業成果はどうかといえば、一週間そこらで完璧に習得できるなら世話はないわけで。

差し当たり、昼はドンナが料理指導に来てくれるので、食事事情は改善された。半分以上手伝ってもらいつつ、多めに作って夜も同じものを食べる。

またドンナが連れてくる姪っ子のココちゃん（6）とエリシャはすっかり仲良くなったし、旦那さんのクルザワ（39）とゼンは酒飲み友達になった。

「釣りをやってみたいのかい、ゼンさん？　それならオレっちが教えてやるよ。竿《さお》も貸すしさ。この近くの川がまたいい釣り場なんだ！」

と旦那さんに誘われ、初挑戦することになった。

本日快晴、朝日が眩《まぶ》しい。

村の水源でもあるアネト川の支流を、徒歩で遡ること小一時間。

川幅が広く水深が浅く、岩がゴロゴロ転がっている場所があり、この辺りに魚がたくさん棲《す》んでいるのだと教えてくれた。

「ただまあ村の釣り好きがこぞってくるから、魚どももスレてんだ。エサに食いつかせるにはけっこう腕が要るから、磨こうな！」

「なるほど。でもその分、面白さがあるとも言えますよね」

「そうそう！　その心だよ、ゼンさん」

と――クルザワに餌のついた竿を渡され、ドキドキしながら釣り糸を垂らす。

竿を動かし、生餌に見せかけるテクニックを、付きっきりで指導してもらう。

あるいはクルザワの実演を、釣り糸を垂らしたまま間近で見学する。

彼が面白いくらい次々と釣り上げる様に、こっちまで大興奮。

（よしっ。僕もたくさん獲って、殿下とキールにお土産どっさりだ）

今夜はお腹いっぱい魚を食べるぞ！　と意気込みも新たに竿を操るゼン。


まあ、一匹も釣れなかったんですけどね？


なので結局、トボトボ帰路に就く羽目になった。

「初めてなら仕方ないよ、ゼンさん！　また次さ、次」

とクルザワの慰めが、しょげ返った心に沁みる。

ちなみに彼は鯉《こい》だの鯎《うぐい》だの果ては鰻《うなぎ》だの、魚籠いっぱいに釣っていた。

クルザワ曰《いわ》く、

「獲りすぎるといなくなっちまうからな。今日明日食べる分だけ釣ったら、帰るのがマナーさ」

また曰く、

「半分はゼンさんとこ用だから。エリシャちゃんとキールにたんと食わせてやんなよ」

と、そんな偉大なる釣りの先人にゼンは大いに感謝した。

ただそれはそれとして、クルザワは釣りの師匠としてはゼンと全く相性が合わなかった。

ゼンは万事に置いて理屈から入るタイプである。これは生来のもので、役人脳とは関係ない（官僚向きの気質ではあるかもしれない）。

一方、クルザワはまるっきり感覚派で、言語化が苦手なタイプだった。

なので「はい、ゼンさんそこ！　そこで竿引いて！」と指導してもらってもゼンは「どこ⁉」となるばかりだし、「竿はそんなチョコチョコ揺らすんじゃなくて、もっとグイーン、ブワッて感じでいいから」とか言われても「具体的に何メートル何センチなの……」と困惑頻《しき》り。あげく自分なりに「グイーン、ブワッ」と竿を動かしてみたら、クルザワに「そんな竿をガッガ、ガッガ振り回したら魚が逃げちまうよ！」とダメ出しされる始末だった。

午前中いっぱい奮闘して、上達できた実感ゼロ。

（つまりはまあ、僕には釣りのセンスはないんだろうな……）

感覚に頼ることができないなら理論武装するしかないのだが、どこかに『富国強兵論』みたいな釣りの指南書が存在するのだろうか……？

クルザワとは一旦家の前で別れ、肩を落として帰宅する。

キールは居間の暖炉の前で昼寝、エリシャは台所でドンナの料理レッスンを受けていた。今日はココちゃんの姿は見えない。

エリシャはゼンの帰宅に気づくなり、

「まあ！　さすが『お父様』、釣果がそんなに」

「全部クルザワさんに分けてもらったもので、僕はボウズだよ……」

ションボリ報告すると、その情けない様がよほどツボだったのかドンナが腹を抱え、エリシャが忍び笑いを漏らす。

「お腹が空いたでしょう？　もうすぐお昼ができますから、待っててください」

「今日はアタシは横で見てるだけで、最初から最後までエリシャちゃん一人で作ったんだよ」

まだ笑いの残滓《ざんし》を口元に浮かべつつ、二人がそう言ってくれた。

ゼンはありがたく思いつつも、エリシャのことが心配で、

「それは大した上達ですが、せめて包丁仕事だけはドンナさんにお願いしたいんですが……」

「過保護だねえ、ゼンさんは！　エリシャちゃんの包丁だって段々サマになってきてるよ」

「その割に、手にまた新しい傷ができてるみたいですが……」

「いちいち細かいねえ、ゼンさんは！　お姫様じゃないんだから、家事をやってりゃ傷の一つや二つ、こさえるのは当り前さね」

（エリシャはその皇女殿下《おひめさま》だから、僕もハラハラしてるんですが……）

そう思えど、もちろんドンナに明かすことはできない。

（僕だって殿下じゃなく実の娘のことだったら、こんなに過保護にはしないよ）

多分。きっと。実際に娘ができたらどうなるか自信ないけど。

（また切り傷に効く薬草をいっぱい採ってこないとな……）

ここ数日散策して発見したのだが、トッド村周辺の森には様々な薬になる植物や茸《きのこ》が群生してお

り、ちょっとした医者の真似事が可能だった。

医薬局の総務時代、目先の事務屋の仕事に必要なくても、薬品知識があれば何か役に立つかもしれないと、いろいろ調べた経験が今になって実を結んだ格好だ。

食卓《テーブル》でそんなことをつらつらと考えていると、エリシャが鍋をいそいそと運んでくる。

蓋を開けると、葡萄酒《ぶどうしゅ》を使って煮込まれた地鶏の匂いが、ふわっと立ち昇った。

ジャガイモや野菜もごろごろ入っていて、見るからに旨《うま》そうだ。

「これをエリシャが一人で作ったのか！」

「最初はアタシもどんな箱入り娘だよってびっくりしたけどね。スジがいいよ、この娘は」

ゼンが唸《うな》り、ドンナが忌憚《きたん》なく褒める。

皇女殿下はよほどうれしかったのか、はにかみつつも喜びを隠せない様子。

そこへ釣り道具を片づけてきたクルザワも合流し、四人で食卓を囲んだ。

エリシャが木皿によそってくれて、ゼンは早速いただく。

ジャガイモは芯までホクホク、キャベツはトロトロ、ニンジンも地鶏から出た旨味をたっぷり吸って良い甘味だ。もちろん鶏のモモ自体も柔らかく煮込まれていて大したもの。庶民でも煮込み料理に、葡萄酒をふんだんに使えるのがシーリン州のいいところで、血の臭みなど皆無。二日も三日も煮込んだわけではないのに、この完成度とは恐れ入る。

「ちゃんとしてるどころじゃない……。美味しい。とても美味しいよ、エリシャ！」

「ほ、褒めすぎです、『お父様』っ」

エリシャが頬を染めるあまり、あらぬ方へ顔を逸《そ》らす。

しかしお世辞抜きに、料理を始めて一週間足らずでこれほどの皿を完成させるとは、驚きだった。

ゼンは**生活力弱者のまま**なのに。

お昼を食べ終わった後は、釣ってきた魚の下処理を四人でやる。

もちろんクルザワも包丁を握るし、釣り同様にこちらも大した腕前だった。

エリシャは相変わらず包丁の持ち方が危なっかしいが、切り方が丁寧というか慎重で、出来栄えが美しい。本当に上達著しい。

逆にゼンは刃物の扱いこそそれなりに慣れているものの、調理という点では雑。おろした切り身も不細工。

（まずい……このままでは父親の威厳が保てなくなるのでは……？）

ゼンは静かに焦った。

焦らずにいられなかった。

仕事も忘れて釣り三昧の、田舎でのんびり暮らし——なんて脳裏に描いた想定は、甘かったのかもしれない。

さっきのニンジンのように。

†

帝国暦の一一一七年も、十一月に突入した。

トッド村の役場は、現在四人で回す小さな所帯である。

もう一人二人増員してもらえないかと、かねてから県令府に要請していたところ、今日ようやく追加が送られてくる運びになっていた。

しかもこんな辺境まで雷名轟《とどろ》く、かのリードン家の御曹司らしい。

「いったいどんな人かねえ？」

「ウチの叔母さんがお隣なんだけど、なんか**頼りない人**って言ってた」

「でも中央官庁のバリキャリなんでしょ？　ボクらのことなんか見下してそう」

などと、事務室に机を並べる部下たちが、好き放題に噂《うわさ》している。

「チミたち、口ではなく手を動かしたまえ」

それに小言を垂れるこの男――名をトウモンという。

神経質なのが目つきに表れた痩せぎすの男で、今年四十五歳になる。

肩書は「部長」。つまりこの村役場の責任者だ。

元は別の町役場に勤めていたが、トッド村が再建した当初に異動となり、真面目に奉職すること十年。前任者が栄転したため、二か月前に繰り上がり人事で現職に至る。

それでもトウモンにとっては、ようやくつかんだボスの座だ。

こんな小さな村役場でも彼の城だ。

一生、しがみつきたかった。これ以上の出世は、己の才覚では見込めなかった。その代わりトッド村に人生を捧《ささ》げ、骨を埋《うず》める覚悟だった。

なのに、

（まさか送られてくるのが中央官僚崩れだなんて、聞いてないぞ。県令閣下はワシと首を挿《す》げ替えるつもりではあるまいな……）

と疑心暗鬼で歯嚙《はが》みするトウモン。

帝国の巨大極まる官僚組織図の中では、ほぼ最底辺にいる彼だ。まさか今回の人事が、雲の上の住人である式部尚書直々によるものだとは、想像もできない。村役場の部長風情の地位など、誰も頓着してないなどと思いも寄らない。

だからトウモンはゼンへの偏見を声高に謳《うた》い、くさす。

「件《くだん》のゼン君とやらは、帝都では〝リードン家の面汚し〟と言われているそうだ。本省官僚だといってもそれは、親の七光りだともっぱらだよ。実際こんな田舎に左遷させられるほどだ、さぞ大きな失態をしでかしたに違いない。それこそ横領に手を染めたのを、リードン家の力で揉《も》み消して、ほとぼりが冷めるまで地方で……なんてことすらあり得るぞ」

そう一気にまくし立てると一転、胡散臭《うさんくさ》い笑顔になって部下に告げる。

「ここでも何かやらかすかもしれない。無論、その時はワシが責任を持って上に報告し、厳格に処分してもらう。チミたちもゼン君について何かあれば、決してリードンの家名を恐れず、胸に仕舞わず、ワシに相談しなさい。無論、悪いようにはしない」

要するに「早く追い出したいから、過失を見つけたら密告してね！」という役人言葉だ。

部下たちは三人全員鼻白んでいたが、トウモンは気づかないふりをする。こっちは部長の座がかかってるんだ！

さて――その日障りな輩《やから》が、のこのこと出勤してきた。

「今日より着任します、ゼン・リードンです。皆さん、どうぞよろしく」

と皆の前で、簡潔且《か》つ朗らかに自己紹介する。

トウモンはじろじろと値踏みするが、

（なんだか思ってたのと違うな……。落ちぶれとはいえ名門官僚一族の人間だ、さぞ切れ者然としているか、あるいは本当にいけ好かない悪人面を想像していたのに。なんとも風采《ふうさい》の上がらないこと甚だしい……。こいつ、嘘《うそ》も誇張もなくただの凡人、著名な兄姉たちの出涸《でが》らしなんじゃないか？）

と肩透かしを受ける。

部下たちの様子を窺っても、同じく拍子抜けしていた。

例外は、身内から「頼りない」という事前情報を得ていたらしい、アンナという職員だけ。

「あのー……それで僕はどうすれば？」

とゼンに指示を求められて、皆が我に返る。

「う、うむ。着任ご苦労、ゼン君。こちらこそよろしく。歓迎するよ」

とトウモンが一同を代表して（心にもない）挨拶をし、

「そこの空いている机がチミの席だ。好きに使いたまえ」

「はい、ありがとうございます」

ゼンが笑顔で応じ、上座にある部長用の執務机から見て、すぐ右脇の席に着く。

他ならないトウモンが、つい二か月前までは使っていた机だ。

その後は全員で軽い自己紹介。

トウモン以下、結婚したばかりの青年マックス、卑屈・悲観屋のナムナム、そして最年少二十歳のアンナの四人だ。

「そしてゼン君の最初の仕事だが……アンナ君、教えてあげてくれたまえ」

「はい、部長」

部下の中で一番後輩のアンナが席を立ち、ゼンを壁際の書棚に案内する。

「トッド村には五店の雑貨屋や村長さんの酒場をはじめ、商売をやってる方が何人かいるわけ」

「ああ、はい。ここ何日かで、僕も把握しました」

「で、今は部長とみんなで手分けして、各店舗の帳簿をチェックしているところなの」

「税務調査の時期ですもんね。どこも忙しいのは一緒だ」

「そうなのよ。さっさと終わらせて、気持ちよく新年を迎えたいじゃない」

「ああ……いいですね。僕もまさにそういう仕事を求めて、ここに来ました」

「それとゼンさん、アタシに敬語は要らないわよ？」

「でも、ここじゃあなたが先輩ですし……」

「それを言ったらゼンさん、きっとアタシよりずっと年上でしょ？　第一、ここじゃ部長に対して以外はみんな、タメ口でやってるから」

「――わかった。郷に入っては郷に従わせてもらうよ」

「オッケ。じゃあゼンさんにはいきなりで申し訳ないけど、モコス商店さんの帳簿チェックを頼めるかな？　一月分の資料がここからで、ここまでがモコスさんとこの分ね」

「それも了解」

アンナが戸棚を指し示し、ゼンが早速一冊抜き取り、パラパラ検《あらた》める。

今、彼が見ているのは「仕訳帳」だ。

帝国では建国時より、複式簿記が使われている。

これはおよそ二百五十年前に南の海商国家で生まれた記帳法だが、取引や金額を漏れなく記録できるため、商人は経営の指針にできるし、帝国は税のとりっぱぐれが起きない。

ただ単式簿記に比べて遥《はる》かに複雑で、且つ記録が膨大で多岐に亘《わた》り、帳簿を作る方もチェックする方も負担が大きい。

複式簿記を採用していない国の方が、まだまだ多数派なのもそのためだ。

実際、ゼンも今度は「元帳」をパラパラめくりながら、

「帳簿の合ってないとこ、けっこう目立ちますね」

「そうなのよ！　なんせこんな田舎のぬくぬく生きてるオッサンが、渋々つけてる帳簿でしょ？　もう杜撰《ずさん》ってどころの話じゃないの。モコスさんとこだけじゃなくて、みーんなそう！」

アンナが不満タラタラこぼしつつ、自分の机に着く。頭痛を堪《こら》えながら、彼女の担当分の帳簿とにらめっこに戻る。

トウモンもまた複式簿記のチェックは未だに難渋するし、アンナの気持ちもわかった。

しかし官僚国家であるカタランの威信にかけて、どんなに複雑困難な事務仕事からも役人が逃げ出すわけにはいかない。

この村役場では特にそうだ。

町役場や県令府等、もっと大きなところではちゃんと部署が分かれ、各課の役人は専門性の高い仕事に従事できる。

一方、ここでは全ての仕事を四人（今日から五人）全員で当たらねばならず——村の規模も小さい分、仕事一つ一つも市や町のそれに比べて簡易とはいえ——職員はなんでもこなすことができなくてはならない。

責任者であるトウモンを除き、職員が皆若いのもそれが理由だ。ここで様々な経験を積み、各自の適正を見極めてから、もっと大きな役所にステップアップしていく。それが帝国における地方官僚の常道である。

そしてここに——トッド村役場に、一人の異端が現れた。

言わずもがな、中央官庁からキャリアダウンしてきたゼン・リードンだ。

（ちゃんと真面目に働くか、このワシがチェックしてやるっ）

自分の机に戻ったゼンの仕事ぶりを、トウモンはチラチラ盗み見る。

トウモンたち同様、ゼンは机に三種の帳簿を広げ、数字が合っているか、内容に矛盾がないか、じっくり精査している。あるいはサボってそのふりをしている。

カタランをはじめ、この時代の複式簿記では仕訳帳と元帳の他、「日記帳」をつけることも義務付けられる。この日、どこの誰とどんな取引があったかを、そのものズバリ日記形式で書き残さないとならないのである。

これがチェックする方にとっても、ホント～～に面倒臭い！　読み込むのにひどく時間をとられる。特に文章が下手な商人の日記帳だと、目も当てられない。取引と関係ありそうで全くない無駄話が、ズラズラと書き綴《つづ》られていたりする。

ゼンが担当したモコス商店などまさにその典型で――要するにこの新入りは、皆が嫌がる残り物を押し付けられた格好である。

（だからといってワシは憐《あわ》れんだりせんがな！）

今日だけで一月分のチェックは終わらせてもらう。できなかったら残業させる。

これは断じてイジメではない。帝国の役人ならこれくらい当然のことだ。

断じて。

と――トウモンがそんなことを考えながら、時に思い出したようにゼンの仕事ぶりを確認しつつ、およそ二時間が経過した。

そろそろ昼食時。部下たちに許可すべく、トウモンは咳《せき》払いをした。

まさにその矢先のことだった。

「帳簿チェック、終わりました」

などとゼンが言い出したのは。

ざわつく……というほど人数はいないが、部下たちが浮足立つのが見て取れた。

トウモン自身、一瞬意味をつかみかねたほどだ。

「あー……一月分のチェックが終わったのかね、ゼン君？」

そんな馬鹿なと思いつつ、一応は確認してやる。

普通は一日がかり、むしろ残業になってもおかしくないその作業を、わずか二時間そこらで終わらせられるはずがあるものか。

ゼンは今日が初出勤だし、何か勘違いがあるのではないか。

「あ、いえ、違います」

「うん、そうだろうな」

やはり何かの勘違いか。

「一年分、全て終わりました。モコス商店さんの帳簿チェック」

「はっ⁉」

耳を疑うようなゼンの台詞《せりふ》に、トウモンは素っ頓狂な声を上げた。

ガタッ……と部下たちも思わず腰を浮かせている。

「一年分⁉　全部⁉　今の間に⁉」

「はい、そうです」

「嘘だっ。ワシに見せてみろ！」

「はい、部長チェックお願いします」

そう言ってゼンは何か月分かの帳簿をまとめて抱え、トウモンのところまで持ってくる。

（大方、ひどいやっつけ仕事だろうよ！　やはりこいつ不良役人だったかっ。ワシの城ではそんなズボラは許されんと、喝破《かっぱ》してくれるわッ!!）

トウモンはもうムキになって帳簿を調べ、粗探しする。

でも、ない。どこのページを開いても、一個も見つからない。

帳簿上の矛盾点には全てゼンの指摘が入り、計算間違いには正しい数字まで赤入れされている。

どこまでも完璧な仕事ぶりだった。

それどころか――

（あの、部長……そこの数字、間違ってますよ）

ゼンはトウモンが机に広げていた帳簿をただ一瞥《いちべつ》するや、トウモンが見落としていたミスを指摘してみせた。

しかもトウモンが部下の前で恥をかかないよう、そっと耳打ちする気配りまで。

（～～～～～～～～～～～っ）

むしろ己の仕事の方が不完全だったと知り、トウモンは赤面した。

そこは猛省しつつ、今問題なのはゼンのことだ。

「ご、ご苦労、ゼン君。こんなに早く終わらせるなんて、さすがだな。しかし来て初日だからと、張り切りすぎているんじゃないかな？　あまり無理をして、体を壊したり心を病んだりされるとワシの監督責任になってしまう。あまり心配させないで欲しいものだな」

綺麗《きれい》事を織り交ぜつつ、とにかく無茶をするのはよくないと注意する。

ところがすると、今度はゼンが恥じ入りながら、

「す、すみません……。張り切るどころか、のんびりやってしまいました……。ここの殺伐としてない空気がとても素敵で、ついつい流されてしまって……」

「はっ⁉」

のんびり？　これで？

ハッタリもたいがいにしろ。あまり自分を大きく見せるなよ⁉

（こいつ、やはりワシの地位を狙っておるのではないか⁉）

トウモンは危機感を新たにしつつ、表面上は笑顔を繕い、

「そうか、そうか。ゼン君は税務調査が得意のようだねえ」

「得意というわけではないですが、たまたまこの半年は主税局にいたものでして」

「そうか、そうか。きっと局のエースだったんだろうねえ」

「いえいえ、そんな。周りの足を引っ張らないように必死でしたよ。ようやく慣れてきたなってころに、こちらに異動になった次第で」

「っ……それじゃあ、なにかい？　帝都の主税局にはゼン君みたいなバケモ——能吏がごろごろいたってことかい……？」

「まあ僕なんかと違って、それこそエースって目されてる人たちなら、この五倍は仕事が速いし正

確ですよ」

「………」

トウモンはもう呆気《あっけ》にとられていた。他の部下たちも同様だ。

ゼンがフカしているだけだと信じたかった。元本省官僚の高慢さで、地方官僚である自分たちを小馬鹿にしているのだと。

しかしゼンの口調や態度はどこまでも自然体で、嫌味がなくて、嘘や誇張を言っているとは到底思えなかった。

(……帝都の人口は、確か百万人……)

商売をやっている者の数は、それこそ万単位だろう。

いや本省の主税局ならば、帝国全土から上がってくる税収の管理をしているはずだ。

だったら確かに、このゼンくらいの事務処理速度がなければ、話にならないのかもしれない。

中央官僚という連中は、まさしく化物揃《ぞろ》い――そうでなければ務まらないのだろう。

(かくいうワシも子供のころは、本省勤めが夢だった……)

両親が必死に働いて私塾に通わせてくれた。

期待に応えてトウモンも、懸命に勉強した。

おかげか同年代の子たちより、頭一つ二つ抜けていた。教師にも褒められた。

だから十五歳の時に、中央官庁を受験しようと思った。

上級官吏登用試験はさすがに無理でも、中級なら……いや一般登用試験でもいい。とにかく合格して、憧れの本省官僚になれたらばと。

しかし相談した教師に言われた。

いつもトウモンの努力を褒めちぎってくれていたのが、見たこともない冷静な顔で、

『悪いことは言わない。受けるなら、このナザルフの地方官吏登用試験にしておきなさい。帝都への旅行費用も受験費用も、少なくない額がかかる。それが全て無駄になる』

と。

あの時は恨んだが、教師の判断は正しかったのだ。

四十五にもなってトウモンは初めて実感できた。

「部長。次の仕事をもらえますか？」

のほほんと言ってのける正真の怪物《ゼン・リードン》を目の当たりにして、トウモンは痛感した。

ただただ絶句することしばし——

「わ、悪い、ゼンさん！　俺の仕事を代わってくれないかっ」

部下の中では最年長二十五歳のマックスが、いきなり席を立って言い出した。

「実は嫁が産気づいて、今日にも生まれてきそうなんだっ」

「ああ、それは早く帰ってあげた方がいいね」

「今日分——ポプラン商店の四月分の帳簿チェックだけでいい。後はちゃんと自分でやるから。頼む、スマンっ」

「困った時はお互い様だよ」

「恩に着るっ。この埋め合わせは絶対するから！」

マックスは満面に感謝の色を浮かべて言うと、大喜びで帰宅していった。

一方、ゼンはどれだけお人好《ひとよ》しなのだろうか。意地の悪い言い方をすれば、ただのサボり魔かもしれない初対面の先輩に、仕事を押し付けられた格好にもかかわらず、一切気にした風もない。マックスの机に座ると、鼻歌混じりに帳簿チェックを引き継ぐ。

もちろんそれも、あっという間に終わらせてしまった。

「部長。次の仕事をもらえますか？」

のほほんとおかわりを要求するゼンに、トウモンはいっそ恐怖すら覚えた。

「あ、ああ……。いやっ、チミはもう充分働いてくれた。今日はもう上がってくれていい」

「いいんですか⁉　まだお昼前ですよ⁉」

ゼンが大げさに――そう、まるで「この世界にそんな幸福が実在するのか？」「していいのか？」とばかりに仰天した。

トウモンの方がいったい何事かと雰囲気に呑《の》まれつつ、

「も、もちろんだとも。早く仕事を終えたら、早く帰れる。当然のことだよ。公平な労働環境を用意するのもワシの役目だからね」

「や、やった！　ありがとうございますっ、娘とお昼を一緒にできますっ」

ゼンは子煩悩なところを見せる一方で、まるで彼自身が子供のように無邪気に喜びながら帰宅していった。

それを過ぎ去る嵐を見送るように、トウモンは啞然《あぜん》となっていた。

しかし、

「……帰しちゃってよかったんですか、部長？」

「あの人に全部やってもらえば、ボクたち要らないんじゃ……」

部下たち二人の声を聞いて、我に返る。

「ばっ、馬鹿を言うもんじゃないよ！　ゼン君一人に仕事を押し付けて、ワシたちが楽をするだなどと、そんな不公平ができるものか！　チミたちも帝国の官吏の端くれなら、恥を知りたまえ！」

「……はーい」

「ボクが間違ってました……」

「わかればいいんだ。とにかく今後も、ゼン君の仕事量はチミたちと一緒。多少は助けてもらってもよいが、甘えることは許されない。いいね？」

「……はーい」

「マックスさんにも伝えておきます……」

残ったアンナも悲観屋のナムナムも、根は善良な部下たちだ。

トウモンが道理を説けば、ちゃんと反省の色を見せた。

うんうん、とうなずいてみせつつ内心思った。

（冗談じゃない！　あの化物に片っ端から仕事——手柄を奪われてみろ！　部長のワシが本当に要らなくなってしまうじゃないか!!）

このポストにしがみつくためにも、絶対にゼンに仕事を回してはならない。絶対にだ。

トウモンはそう心に固く誓ったのだった。


そして一方、帰宅したゼンである。

「新しい職場はどうでしたか、『お父様』？」

台所の食卓で、エリシャの手料理を一緒に食べながら談笑する。

「とても雰囲気がよかったよ。きっと部長さんの人徳の賜物《たまもの》だね。実際、上司に恵まれるのはすごく幸運なことなんだよ。トウモンさんは部下の健康にまで気をかけているし、すごく公平な人だし、素晴らしい見識をお持ちなのが窺えた。中央の連中は何かと地方官僚のことを見下しがちだけど、それこそ不見識極まると僕は改めて思ったね」

ゼンはうれしさのあまり早口になってまくし立てた。

「何より仕事が全然ないのがいい！　信じられるかい、エリシャ？　本省じゃ仕事なんて、年内に納まるわけがないのが当たり前なんだ。でもここじゃ職場の先輩が、『さっさと終わらせて、気持ちよく新年を迎えたい』なんて言ってたんだよ。まだ十一月も始まったばかりだってのに、もう仕事納めの目途が立ってるんだよ。僕はまさにこんな楽な職場を求めていた！」

「ふふっ。わたしも『お父様』が早く帰ってきてくれれば、それだけうれしいです」

エリシャまで我が事のように喜んでくれて、ゼンは大いにうなずく。

そして天井を仰ぐと、

「ああっ……なんて夢のような職場なんだ……っ。期待していたよりずっと——遥かにいい。大きな声じゃ言えないけど、ヨヒア兄に感謝しなくちゃね」

まさしく夢見心地の浮かれた顔で、嘆息したのであった。

†

朝方の小雨が嘘のような、小春日和になった。

暖炉の傍《そば》が定位置のキールも、庭に移動して日向ぼっこをしていた。

エリシャも大喜びで洗濯物を干す。

でもまだまだ手際が悪くて一苦労。軒先に張った紐《ひも》にぶら下げるのだが、特にシーツのような大物が相手だと悪戦苦闘。

「キールくんも手伝ってくれませんかー？」

と声をかけるが、これはもちろん冗談だ。

自分でおかしくなって、クスクス笑いながら一仕事を終える。

そして、丸くなって寝そべるキールに向かって「えいっ」と飛び込む。

少女の全身を受け止めるくらい、この巨狼《きょろう》にとってはわけもないし、優しく紳士なキールはクッション代わりにされても嫌な顔一つしない。

大きな横腹に半ば抱きつくように、エリシャも一緒になって寝そべる。

「キールくんからお日様の匂いがしますね～」

純白の毛並みに顔を埋め、嘆息する。

冬の日差しをいっぱいに集めたようなキールの毛は、いつもより温かくて心地よくて、さらに数段モフモフしていた。

「ドンナさんのご指導がなくても、洗濯はできるようになってきました」

キールの毛並みに頬ずりしながら、「むふー」とエリシャは得意げにする。

まだまだ鈍臭いし、人の倍も時間がかかってしまうが、それでも一人でできることが増えるのは、うれしいし誇らしい。

キールもエリシャのことを褒めるように、鼻面で背中を撫《な》でてくれる。

くすぐったいけど気持ちいい。

「『お父様』が役場からお帰りになる前に、お昼の準備もしなくてはいけませんけど……ちょっと休憩しましょうか」

エリシャが言うとキールがうなずく代わりに、あくびを始めた。

釣られてエリシャまでうつらうつらとしてしまう。

洗濯で疲れたところに、全身を包み込むモフモフとお日様のポカポカは反則だ。沼にズブズブ沈んでいくようにエリシャはまどろむ。

どのくらいそうしていただろうか？

「ただいま、エリシャ。そろそろお昼にしないかい？」

とゼンの声が聞こえて、ハッと目を覚ます。

こちらを覗《のぞ》き込むように傍で屈《かが》んでいた、ゼンと目が合う。

「おっ、お帰りなさい、『お父様』っ」

「慌てなくていいよ。ぐっすり寝ていたから、起こすのもどうかと思ったんだけどね。あんまりお昼が遅いと、晩御飯が入らなくなってしまうだろう？」

「そ、そんなに熟睡してました？」

「ああ、それはもうスヤスヤさ」

ゼンに揶揄《やゆ》するように言われ、エリシャは頬を染める。

こんなに日が高いうちに、無防備な寝顔を見られ、恥ずかしいったらない。

相手が内心意識している異性となれば、なおさらだ。

「い、急いでお昼を作りますね」

「それなら大丈夫。今日は僕が用意したから」

と弁当籠《バスケット》を掲げてみせるゼン。

エリシャがキールに包《くる》まり、昼寝していた間に作ったのだろう。

全く気配に気づかなかった。自分がどれだけ熟睡していたか知り、エリシャは再び赤面する。

「ご、ごめんなさい、『お父様』」

「おや、何を謝る必要があるんだい？」

「だってお昼を作るのはわたしの役目で……」

「そんな取り決めは我が家にはないよ。手が空いている方が家事をする。それでいいじゃないか」

「でも『お父様』にはただでさえお勤めがあるのに、その上家事までしていただくわけには……」

「いやいや、ここの役場は仕事といっても楽すぎるんだよ。言っただろう？」

「ですが、せめてお勤めに行っている間くらい、わたしがやらないと気が済みませんっ」

「うーん」

ゼンが困ったような笑みを浮かべる。

その顔には「皇女殿下にそこまでしていただくのもなあ」と、ありありと書いてある。

エリシャはムッとなり、眉根を寄せる。

そしてゼンの腕をむんずとつかみ、思いきり引き寄せる。キールをソファ、あるいはクッション代わりに、二人で並んで背中を預ける格好になる。

攻守逆転の一手だ。肩と肩が触れ合うほどくっつくと、今度はゼンがたじたじに。

「え、エリシャ⁉」

「せっかくのお天気ですし、外でお昼をいただきましょう」

ゼンだってそのつもりだったはずだ。だからバスケットで持ってきたのだ。

ただこんな風に二人で身を寄せ合うのは、想定外だったのだろう。

「に、庭じゃ誰の目があるかもわからないからねっ。あんまりベタベタするのは如何《いかが》なものだろうっ」

「『父娘《おやこ》』なんですから、そんなにオタオタしないでください」

そう、今のエリシャはゼンの「娘」だ。「皇女殿下」ではない。

ゼンを隣に座らせることでそれを主張した。まして誰の目を憚《はばか》る必要もない。

しかもキールまで巨体をさらにグルンと丸め、エリシャごとゼンを包んで逃がさないようにした。

モフモフ監獄の完成だ。いつの間に目を覚ましたのか、エリシャをアシストしてくれた。

(ナイスですよ、キールくん)

と一瞬アイコンタクトを図ると、キールも『健闘を祈る』とばかりの目つきをした後、すぐに瞼《まぶた》を落として寝たふりを始める。

「ではいただきますね」

「あ、ああ……。簡単なやつだけど」

とゼンが差し出したバスケットを受け取る。

蓋を開けると、豚の燻製《くんせい》肉と目玉焼き、野菜の酢漬け《ピクルス》をパンで挟んだものがぎっしり。

パンとハムは焦げ目がつく程度に炙《あぶ》ってあり、まだ温かい。

エリシャは一つ手に取って、

「はい、『お父様』――あーん」

「それは『父娘《おやこ》』じゃしないだろう⁉」

エリシャがからかうと、ゼンは悲鳴を上げた。

小さな村とはいえ、日中のことだ。人の往来は少なくないし、庭で丸くなったキールの巨体は目立つ。そこへ仲良く包まれているエリシャとゼンの様子を見て、「あら微笑ましい」「ウチの娘もあんくらいおれっちに懐いてくれたらねえ」なんて目を向けられる。

エリシャがイタズラ心を起こしてさらに体重を預けると、ゼンが「ひぃぃ」と身をよじろうとする。

モフモフ監獄の中で、そんなスペースないのに。

そのたびにゼンが青くなったり赤くなったり忙しい。

(ああ、この人の優しさと飾らないところが好き……。わたしよりも異性に免疫がないところも可愛《かわい》い。それでいて頼りになる時はなりますし……本当に母上が仰《おっしゃ》っていた通り……いいえ、それ以上……)

エリシャはクスクス笑いながら、ゼンの手料理を一口いただく。

昼になってますますお日様は高くなり、すぐ傍にはゼンとキールの体温があって、気分はもう最高。

帝国南部の冬は悪くない。

でも、

「『お父様』、卵はもう少し半熟状の方が美味しいかと」

「あ、そうだね……」

「パンとハムも温めるのはけっこうですが、これはやや焦げすぎですね」

「最近はもう料理じゃエリシャに敵《かな》わないね……」

「やっぱりご飯はわたしの担当ということでよろしいですね?」

「……返す言葉もないです」

——という具合にゼンとエリシャの日々はすぎていった。

トッド村に来て、一か月なんてあっという間だった。

毎日、楽しいことばかりだった。

（殿下と……いや、エリシャとは思ったよりちゃんと「親子」をやれてる……いや、ちょっと仲が良すぎるくらいで戸惑う……いや、上手くいかないよりはずっといい）

なんてゼンが思うことしばしば。

もちろん、住民との関係も良好だ。特にお隣さんのドンナ&クルザワ夫妻には、家族ぐるみで本当によくしてもらっている。

役場の人たちも皆歓迎してくれているし、なんといってもお昼前に退勤できるのがデフォなのがいい。上司のトウモンも新入りのゼンを気遣ってくれているのだろう、頻繁に「本省と同じ感覚で無理はするなよ」「ほどほどでいいんだぞ」と声をかけてくれる。

帝都で地獄のように仕事に追われていた時は、あんなに時間が経つのが長く感じられたのに。

幸せな暮らしを享受していると、月日が経つのが早いこと早いこと。「これじゃあ、あっという間におじいちゃんになっちゃうよ」とうれしい悲鳴を上げていた。


そして本日、十二月三日。

連休を利用して、エリシャとキールを連れ、近場にあるジョバンニ海に来ていた。

五百年前、とある賢者が神獣リヴァイアサンから授けられた大魔法を使い、この内陸に一夜にして出現させたという伝説の海だ。

その賢者から名をとり「ジョバンニ」と呼ばれている。

一説によればこの海は、西の大洋にある〝一角神公《いっかくしんこう》〟の縄張りと時空を超えて繋《つな》がっており、ために内陸部に孤立しておきながら澱《よど》むことはなく、魚も豊富に棲んでいるのだという。

真偽はさておき――ゼンたち全員、海というものを見るのはこれが初めてだ。

温暖な帝国南部とはいえ、冬の海はメチャクチャ寒かった。二人でくっついて砂浜に腰を下ろし、丸まったキールの体温とモフモフの毛に包まれても、なお潮風が冷たかった。

でもゼンたちはその寒さを忘れて、想像を絶する雄大な景色に見入っていた。

「……これで海としては、とても小さいんですよね、『お父様』?」

「僕も地図の上でしか知らないけど、そうだね。西の大洋に比べれば、水溜《みずた》まりみたいなものだね」

「いつかはそちらも見てみたいですね。一緒に」

「僕は遠慮したいかなあ。『水溜まり』でコレなら、本物を見たら魂消《たまげ》て気絶するかも」

「もうっ。『娘』のワガママくらい聞いてください」

そんな軽口を叩《たた》き合いながらも、二人とも海から目が離せない。

寄せては返す荒波を、水平線の彼方を、一緒に眺め続ける。

キールだけがもう飽きたのか、眠たげにしていたが。

そんなゼンたちの元へ、砂を踏む足音が近づいてくる。

「お二方、そろそろ中に入りませんか? お茶を用意しました。温まりますよ」

丁重な口調で提案してくれる。

誰あろう、ナザルフ県令キュンメルである。

この近くに別荘を持っていて、またゼンたちが海に興味があるのを憶えていてくれて、一泊していってはどうかとわざわざ招待してくれたのだ。

その別荘に皆で戻る。

大きな暖炉のある談話室《サロン》で、管理人一家が淹《い》れてくれた茶を喫す。

ゼンとキュンメルは黒茶を。エリシャは紅茶を。キールには温めたミルクを出してくれた。

砂糖とバターをふんだんに使った高価な菓子をお茶請けに、話に花を咲かせる一時。

キュンメルはエリシャに対し、新しい暮らしはもう慣れたか、何か不自由はないかなど、如才なく訊ねていた。大人たちに一人混じった少女を、退屈させせない気配りだ。

そうして充分に温まった後、いよいよ海釣りを始める。

今回はエリシャも参加し、寝るのが趣味のキールだけサロンに残す。

三人で着ぶくれするほど防寒対策をし、いざ釣り場へ。

別荘の傍に岸壁もあって、ここが絶好のスポットなのだという。

むしろ釣り好きが高じ、この場所が欲しくて別荘を建てたくらいだとキュンメルは言う。

「この一帯はもう私の土地ですから、近隣の漁師も立ち入ることができません。そして私も忙しい身ですから、滅多に遊びには来られない。魚たちも普段は安全だとわかっているのでしょうね」

だからたまにこうしてくると、警戒心皆無の魚が入れ食いなのだと。

（よしっ。今日こそ僕も釣り上げてみせるぞ）

ゼンは張り切って釣り糸を海へ投げ入れる。

この一か月、クルザワに誘われて懲りずに川釣りを続けていたのだが、実は未だ釣果ゼロだったのである。

「ゼンさんはえらく仕事ができるって義理の姪っ子《アンナちゃん》がまくし立ててたけど、釣りの方は全然だねぇ！」

と、からかわれたものだ。

だがその汚名も今日で返上！

釣り針にエサを付けるのも手早くなったし、竿を振るうフォームもサマになった。

そして釣り糸を海に垂らすや――早や手応えアリ。

竿を伝ってくる未知の振動に、ゼンの心臓がにわかにバクバクと鳴り出す。

（こ、これ、食いついてないか……っ？）

試しに竿を引いてみると、抵抗する何かの存在を、確かに水面下に感じる！

（で、でも焦るなよっ……。落ちゅちゅいて竿を引くんだ……）

まるで落ち着きのない顔で、効果のない深呼吸を繰り返すゼン。

ヒットした魚の種類や大きさによっては、あまり一気に引きすぎるとエサを食いちぎられたり、糸がブツッと切れたりする。クルザワのようなベテランでも、百パーセントは回避できないミスだ。

ましてや初心者のゼンでは、竿を持っていこうとする手応えから、魚の種類や大きさを類推するなんて不可能だ。

だから震える手で、慎重に慎重に竿を引く。

同時にもがく魚が疲れるのを待つ。

そうして抵抗が弱まったところで……一気に！

（キタアアアアアアアアアアアアッッッ‼）

釣り上がった魚が宙で躍った。

銀色に輝く大振りの鯖《さば》だ。

初めて自分で釣った魚だ。

ゼンはもう大興奮だった。まさに童心に返る心地だった。

「おお、これはまた見事な鯖ですな」

と隣で釣り糸を垂らすキュンメルも褒めてくれる。

ゼンは夢中で鯖を釣り針から外し、魚籠に入れる。

なんと活きがいい奴だろうか！　竿を通してもがく感触、針を外す間に暴れる感触、それらがまだこの両手の中に残っているようだ。

（クルザワさんやキュンメル閣下が釣りにハマるのもわかる！）

自分で釣り上げたこの感動を、ゼンはずっと忘れないだろう。

（僕は釣りを一生の趣味にするぞ！）

拳を握り締め、奮えながら天を仰ぐ。

そしてこの熱が冷めやらないうちに、次の獲物を求めて竿を振る。

ちょうど管理人一家が人数分の火鉢を持ってきてくれて、傍に置いていく。

エリシャとキュンメルと三人で、釣りに興じる。

(また来た⁉)

二匹目もすぐかかった。

また鯖だ。さっきよりだいぶ小さいが、感動は一緒。

さらに三匹目、四匹目とゼンは次々鯖を釣り上げる。

爆釣《ばくちょう》だ。

隣を見ればキュンメルも釣りまくっているし、その県令閣下直々に教えてもらっているエリシャも、初挑戦ながら鮍《かわはぎ》を釣り上げていた。

「釣りってこんなに面白いものだったのですね。『お父様』が通ってたのもわかります」

と、本来の歳相応の無邪気さで楽しんでいた。

(僕は今日までまだ半信半疑だったけどね)

とはゼンは言えなかった。

日が傾き始めるまで三人でさんざんに釣って、大満足で別荘に戻る。

ゼンの魚籠は鯖でいっぱいになっていた。

今日一番の大物である黒鯛《くろだい》を釣ったのはさすがキュンメルで、他にも太刀魚やら鮎魚女《あいなめ》やらどっさりと。

一方、エリシャの魚籠には小振りながら鮃《ひらめ》や鱸《すずき》など、いわゆる高級魚がたくさん入っていた。

「ふーむ。お嬢さんは釣りのセンスがあるようだね。とても初めてとは思えないよ」

とキュンメルもこれには感心頻り。

はにかむエリシャの愛らしさにゼンも目を細めつつ、

（閣下、僕は？）

自分の魚籠をもう一度確かめた。

いわゆる雑魚の鯖しか入ってない魚籠を。

（僕は？）


釣った魚は管理人一家がすぐに、夕食用に調理してくれた。

バターソースでソテーした鮃は身がぷりぷりだったし、釣り立ての太刀魚はフライにしても衣の味に負けないくらい甘かった。鱸に至っては白身魚を炭火で塩焼きにしただけとは思えない、濃厚な旨味があった。

何より浅蜊《あさり》と一緒にサッと煮た黒鯛の大物は、脂の乗りが最高。貝から出汁が出たスープも相まって、宮廷料理もかくやの逸品だった。実際、一口食べたエリシャが美味しさのあまりに一瞬、口に手を当て固まっていた。

晩餐《ばんさん》の後、エリシャは早めにお寝《やす》みをもらった。

きっと疲れていたのだろう。いつもは淑《しと》やかな皇女殿下が、今日は初めての釣りで随分はしゃいでいたし。

ゼンはキュンメルとともに食堂に残り、長熟の琥珀《こはく》酒をいただく。

ここからはオトナの時間だ。

「トッド村に赴任されて、ゼン殿は如何ですかな？」

キュンメルは昼間もエリシャに新しい暮らしの安否を訊ねていたが、ゼンにはあくまで仕事の話を確認してくる。

「信じられないくらい、のんびりさせてもらってます」

日頃多忙な県令閣下の手前申し訳なくて、ゼンは恐縮のていで答える。

「さもありなん……しかし、どうかお気になさるな。では何かお気づきになったことはございませんか？」

「そうですね……。やはり村に医師が一人もいないのは、不安だと思いました」

この時代、小さな村のことでは珍しくないのだが。

村民は病気や怪我の折には自然回復を待つか、片道三時間のナザルフ市まで出向いて医者にかかるのだとドンナから聞いた。

ゼンは自分一人ならなんとでもなるが、皇女殿下が不慮の病に罹《かか》った時が恐《こわ》い。

「ふーむ……。わかりました、私がなんとか手を尽くしてみましょう」

「いえ、キュンメル閣下。ご厚意はありがたいですが、難しいことは僕も理解してるんです」

義務教育という概念さえまだないこの時代、医師になれるほどの知識階級は極めて希少だ。

ゆえに医者はどこでだって歓迎されるし、だったら便利な都会に住み、大勢の中流階級や富裕層を相手に荒稼ぎしたいと思うのが人情。

好き好んで小さな村で開業する医者など、よほど高い志を持っているか、生まれた場所がそこで郷土愛があるのでもなければ、まず皆無である。

如何にキュンメルがナザルフ県最大の権力者であろうとも、トッド村に医者を派遣するのは現実的ではないだろう（無論、エリシャの正体を知っていれば話は別だが）。

「ただ幸いにしてトッド村の周りは、薬になる植物や茸がたくさん群生しているんです」

「ほう。ゼン殿は医薬品の知識までお持ちか」

「あくまで独学の域ですけどね。それで、中には乾燥させたり瓶詰したりで保存が利くものも多いので、役場の業務として管理できれば村も助かるかなと」

本当に重い病気や怪我の時はやっぱりナザルフ市に出向くしかないが、風邪を引いた程度ならすぐに治せる。

ゼンもエリシャのため自分一人で薬の採集をし、自宅で管理を行うより、役場を使って職員皆でやった方がより確実且つ大規模にできて、安心できる。

「なるほど、ゼン殿。それは名案ですな」

「ただ……部長殿に相談してみたところ、却下されてしまいまして」

「それはいけない。トウモン殿の、役場の長としての能力を疑うところです」

キュンメルは厳格な県令の顔になって言った。

「いえ、人の命に関わることですから、部長殿も慎重な判断を下したんだと思うんです。僕も知識があるとはいえ、免許も持たない素人ですからね」

ゼンは慌ててフォローした。

お人好しの彼は、トウモンがゼンに手柄を立てさせないために、有用な進言を却下したのだという真相は、端《はな》から考えもしない。

「ですので、もしよろしければキュンメル閣下のお力で、医師なり薬草師なりを半年に一度程度、職員への指導にトッド村へ派遣していただけないかな、と。閣下のご指示ということでしたら、部長殿も安心できるでしょうし。そうなれば元々、職務熱心な方ですので」

「ふーむ。わかりました、そんなことならお安い御用です」

キュンメルは快く引き受けてくれた。

ナザルフ県令の辣腕ぶりは、この一か月というもの幾度も耳にしたので、頼もしいことこの上ない。

その彼が急に残念そうな顔つきになって言った。

「ゼン殿。やはりあなたは村役場などに埋もれていい人材ではない」

しかしゼンはゆっくり首を左右にして答えた。

「買い被りですよ」


そう。

自分は別に大きな仕事をバリバリとこなす器では、きっとない。

この一か月で、ゼンは己に本当に必要なものを実感していた。

平穏さえあればいい、と。

第六章　魔物討伐

しかしゼンが求める平穏は、突如として破られた。

エリシャたちとジョバンニ海へ遊びに行った、わずか三日後のことである。

その日もゼンは午前から、同僚たちと机を並べてのんびり事務仕事をやっていた。

部長がそろそろ茶を飲みたがるころだと思い、新入りの自分が率先して席を立とうとしていた。

まさにその矢先に、村人が訪れた。

白髪の目立つ五十がらみの男で、年季の入った弓矢を担いでいる。

トッド村一番ともいわれる猟師のゴウタだ。偏屈な性格で、鍛冶屋を営む娘婿とソリが合わないことでも知られている。

今もあちらから役場を訪ねたくせに、むすっとしたまま物も言わない。

「何かご用ですか、ゴウタさん？」

しかしゼンは気にも留めず、笑顔でゴウタのところまで行く。

するとゴウタはむすっとした顔のまま、ボソリと告げた。


「魔物が出た」

ゼンは一瞬ぎょっとなり、すぐに鋭い目つきに変わる。

同僚たちが「魔物？」「嘘《うそ》だろ？」と半信半疑で浮足立つ中、ゼンだけはゴウタと正対し、

「あちらで詳しくお話を聞かせてください」

と事務室の隣にある、応接室へ案内しようとする。

魔物なんて、そうそう人里には出てこないのは事実。ゴウタが見間違えた、勘違いしたという可能性は確かに高い。

だが万が一、本当に村の近くに魔物が現れたのなら、早急に対処しなければ犠牲者が出る。

どうせ昼食前に帰れるくらい仕事はないのだ。ゴウタから話を聞くくらい、なんの手間があろうか。

「狐《きつね》の魔物だ」

ゴウタはがんとしてその場を動かず、ゼンに向かって話を始めた。

客扱いされに来たわけじゃない。移動する時間が惜しい。そう言わんばかりの態度だった。

偏屈だが芯のある、男の中の男なのだ。

「狩りの途中で見かけたのですね？」

「そうだ」

「大きさはどれくらいでしたか？」

「あんたんとこの犬より大きかった。さらに一回りか、二回り」

「他に何か特徴はありましたか？　気づいたことがあれば、なんでも教えてください」

「尻尾が二本、生えていた」

それを聞いてゼンは目を瞠《みは》った。

「……ツインテールフォックスだ」

うめくようにそいつの名を呟《つぶや》いた。

狡猾《こうかつ》残忍な魔物で、しかも魔法まで使う厄介な奴だ。

「よくぞ報《しら》せてくれました」

帝都南部では雪も滅多に降らず、草木も元気がなくなる程度で冬枯れしない。獣たちも冬眠しないし、だから村の猟師たちも休まず森に出る。

おかげで功を奏した格好だ。

「それによくご無事で」

獣に察知されず身をひそめるのは、狩人の必須技能。

とはいえツインテールフォックスのような聡《さと》い魔物にも見つからずに帰還できたのは、ゴウタがまさに村一番の卓越した猟師であればこそ。

もし発見されていれば、魔法を使う化物から逃げ切るのは不可能だったに違いない。

「オリは何をすればいい？」

「まずは我々で兵を集めます。その後、捜索にお力を借りるかもしれません」

「わかった。なんでも言え。オリはしばらく家に籠《こも》る」

ゴウタは必要なことだけ話し終えると、さっさと帰っていった。

別に彼は村を守る義務などないのに、責任感の強い男だとゼンは口元を綻《ほころ》ばせた。

それからトウモンたちを振り返り、

「聞いたでしょう？　僕は駐在兵の皆さんに話に行ってきます。森に出ている猟師は他にもいるはずだ。彼らと手分けして呼び戻します。その間に部長は、県令閣下に討伐隊の要請をお願いします。他のみんなは村の人たちに危険と警戒を説明して回って欲しい」

立て板に水をかけるように指示を出す。

普段あり得ない状況についていけず、ポカンと放心していたトウモンたちが、それでハッと我に返る。

バタバタと動き出す。

本来は指示を下すのは部長の役目で、ゼンはお株を奪ってしまった格好だが、今は緊急事態だ。許して欲しい。

（それに部長もさすがだ、いちいち目くじら立てたりしない）

実際は、事件の大きさがトウモンの能力を遥《はる》かに上回ってしまったため、途方に暮れているところをゼンがテキパキ指示を出してくれて助かった、大人しく従っておこう、と考えたのが真相なのだが。

ともあれ、ゼンは急いで役場を飛び出した。

この村にも県令府から派遣された兵士が、十五人だけ駐在している。

屯所は役場の裏にあり、また指揮系統も一応は部長のトウモンが上ということになっている。

彼らの役目は周辺の哨戒《しょうかい》や有事における防衛、また犯罪の取り締まりだが——平和なトッド村のことだ——普段はせいぜい喧嘩《けんか》の仲裁くらいしか仕事がない。

だからか兵士にありがちな荒っぽいところのない、気のいい人たちだ。

しかし、今はそれが頼りない。ゼンが屯所で事情を説明すると、見回りに出ていなかった八人全員が明らかにビビっていた。

(ま、魔物だって⁉)

(しかも魔法を使うだって⁉)

(俺たちで勝てる気がしねえ……)

と、口にこそ出さないがその顔にありありと書いてあった。

ゼンとしても、気持ちも事情もわかる。

自分が小役人として毎日のんびりできるように、こんな片田舎の兵士がぼんやりしていても仕方ない。帝都を守護する禁軍の最精鋭たちのようにいくわけがない。

(キュンメル閣下のご手腕に期待するしかないか……)

不安を紛らわせるように上を向いた。

小さな屯所の、重苦しいほど低い天井を。

†

キュンメルの仕事は確かに早かった。

その日のうちには討伐隊を組織し、夕刻前にトッド村へ到着させた。

「ようこそ来てくださいました！　本当によくぞ来てくださいました！」

トウモンは百人いる兵士ら一人一人の手をとって、熱烈に歓迎した。

小胆な彼は、いつ魔物が村を襲ってくるかと気が気でなかったのだ。あげく「県令閣下はよもやトッド村をお見捨てあるまいな……」などと疑心暗鬼に陥っていたのだ。

しかし討伐隊が駆けつけてくれて、感涙せんばかりに安心していた。

一方、ゼンは彼らを見て――暗澹《あんたん》たる想いを禁じえなかった。

（やはりキュンメル閣下とはいえ、ない袖は振れないか……）

兵がたった百では、少なすぎる。

しかもゼンが見るところ、現役の常備兵は七割ほどで、残りは予備役の半農兵を駆り出してこれ。

その常備兵ですら頼りなく、誰もが魔物退治と聞いて尻込みしているのがわかる。

如何《いか》にも百戦錬磨という面構えをしているのは、ほんの二、三人だけ。

そもそもナザルフ市が人口五千未満の、都市とはいえ田舎町に近い代物であり、これがキュンメルに捻出できる即応戦力の最大限なのだ。

ゼンとて官僚の端くれとして、その台所事情は計算も理解もできた。

しかも討伐隊を率いるのがまた、二十代半ばくらいの若い女騎士なのだ。

実直そうだし、ピカピカの鎧《よろい》姿は確かに勇ましいが、実戦経験は豊富そうに見えなかった。

「県令閣下より今討伐隊《こんとうばつたい》の指揮官に任命されました、ミナ・ホウクと申します」

名乗った彼女に、トウモンが露骨な諂《へつら》い笑いで応じ、

「ホウクと仰《おっしゃ》るともしや県令閣下の……？」

「はい、部長殿。キュンメルは某《それがし》の叔父に当たります」

「なんと、県令閣下にこのような頼もしい姪御《めいご》がおられたとは！」

トウモンは喜色満面になって言った。

権力者の身内へのお世辞が半分。もう半分はキュンメルが大切な姪《めい》を派遣してきたと知り、これはもう勝ったも同然の戦いに違いないと踏んだのであろう。

（逆なんですよ、部長……）

ゼンはため息が漏れそうになるのを堪《こら》える。

帝国において「騎士」とは俗称であり、建国以前の習慣が今日まで残っている形だ。

正式には「護衛官」という役職で、これは県令や州知事が直接任命する（なお正規軍の各級指揮官も騎士と呼ばれることが多い。禁軍ならば近衛騎士とも。そして公の場で呼称しても、よほど神経質な者以外は聞き咎《とが》めない）。

県令ともなれば政敵も少なくなく、護衛官にはとにかく信頼の置ける者を採用したい。それで身内を任命するケースが帝国全土で見られた。

キュンメルも同様ということだ。縁故人事には違いないが、理解と理性の範疇《はんちゅう》であり、批難されることはまずない。

そして、キュンメルは高潔な為政者だ。

魔物を討伐して身内に手柄を立てさせてやろうとか、武官として箔《はく》をつけてやろうとか、そんなつもりで姪を派遣したわけでは決してない。

（ツインテールフォックスがどれだけ恐ろしい魔物か、閣下も知識としてご存じだろう）

田舎兵士を百人そこら揃《そろ》えたところで、安心できる相手ではないのだ。

いや、もちろん勝てはする。トッド村は助かる。

しかしそのために兵士たちからどれだけの犠牲者が出ることか、ゼンも想像がつかない。

つまりはこの討伐隊の指揮官は、勝てどもその責任をとらねばならないことが、初めから決まっているということ。

だからキュンメルはその酷な任を、敢《あ》えて身内に当てたのだ。

「県令閣下は既に早馬を出し、州知事府に増援を要請しております。しかし、到着には数日を要する見込みです。それまでは我々のみで魔物に当たらねばなりません」

ミナは真剣な顔でトウモンに説明した。

彼女もまた高潔な騎士だ。損な役割を理解した上で、不貞腐《ふてくさ》れる風が見られない。

むしろ村を守らんとする気概を漲《みなぎ》らせている。

それがもし吠《ほ》える子犬の虚勢でしかなかったとしても、天晴なことだ。

「我々討伐隊は今夜ここで野営をし、明朝より魔物の捜索を開始します」

「えっ。援軍が来るまで村の警護をしてくださるのではないのですか？」

トウモンが何かの間違いではないかとうめく。

村側として当然の心情だと理解した上で、ミナは心苦しそうに答える。

「これだけの兵力を集めておきながら、トッド村一つを守るだけというわけにはいかないのです。初めに申しました通り、我らは守備隊ではなく討伐隊――あくまで魔物を探し出し、討ち取るのが役目なのです」

（これも仕方ないよな……）

ミナの言う通り、引いてはキュンメルの判断が正しい。

県令閣下が現在可能な限りの兵力をここに派遣したということは、トッド村以外の守りは手薄になっているということ。

その状態でミナたちをあくまでトッド村の守備に留《とど》まらせ、ツインテールフォックスを自由にさせ、結果として魔物が移動し、別の町村を襲ったら、目も当てられないことになる。

なのでトッド村の守備は当初の通り、駐在兵の十五人だけという形に。

ただし、もし討伐隊と入れ違いで魔物が襲ってきても、彼らが応戦している間にミナたちがとって返し、ともに当たることができるため、大分マシな格好である。

「ご理解ください、部長殿」

「……承知いたしました」

トウモンはミナの説明に納得したというよりは、県令閣下の姪御に逆らえず了承した。

それから討伐隊は広場で野営の準備を始め、主だった者たちは役場の会議室へ場所を移して、綿密な打ち合わせに。

討伐隊からはミナ以下、什長《じゅうちょう》（十人隊長）たちが参加。

村側からはトウモン以下の役人や駐在兵の隊長の他、周辺の森を知悉《ちしつ》した案内人としてゴウタら猟師の有志四人が顔を合わせた。

村にはもっと大勢の狩人がいるが、この四人は魔物討伐に志願してくれた、勇敢な者たちであった。家族を守るためなら命も惜しまぬ気概の持ち主であった。

一方逆に、この期に及んでも度胸の据わらぬ者もいた。

トウモンだ。

「明日の討伐には、部長殿も帯同していただきたい」

とミナに危険な役目を要請され、

「ワシが⁉　なにゆえ⁉」

と思わず敬語も忘れて訊《き》き返す。

その態度に什長たちがムッとなり、ミナは当然の話だろうにと呆気《あっけ》にとられつつ説明する。

「ゴウタ殿たちがご協力くださるというのに、役場から一人も出さないというわけにはいかないでしょう。また我々との連携をスムーズにするためにも、間を取り持ってくださる方が必須です。大変な役目ですが、だからこそ部長殿が責任を果たしていただきたい」

とピシャリだ。

またミナはゴウタらの手前、口にはしなかったのだろうが、もし村の猟師たちが戦死した場合——可能性は充分にある——その責任をとるのは村の者でなくてはならないと、言外に言っている。

もっと明け透けに言えば、状況によってはゴウタらに死を覚悟・前提とした役割が必要になることもあり、その場合も命令を出すのはあくまで村の者でなくてはならない。

ミナの言った「責任を果たせ」とは、それほど重い話なのである。

「いっ、いえっ、で、でですがっ、ワシはっ」

トウモンはなんとか責任回避しようとするが、舌がもつれるばかりで言葉にならない。

根っからの小胆なのだろう。

ミナは軽蔑の眼差しを向けつつ、トウモンがまともに反論できないのをいいことに、

「では決定ということで。よろしく頼みます」

と押し通してしまう。

トウモンはもうショックで真っ青になっていた。

そして打ち合わせが終わって解散となっても、まだショボ暮れたまま残っていた。

というか心ここにあらずで、会議が終わったことにも気づいていない様子だった。

そんな上司を見かねて——ゼンは一人、話しかける。

「討伐隊には僕が参加しますよ。部長は残って、村民の安寧に努めてください」

「ふぇ……？」

まさか危険な役目を代わってくれる者がいるとは思っていなかったのだろう、トウモンは情けない声で生返事をした。

部長はしばし放心していたが、じわじわとその意味が理解できたか、ぼろぼろと泣き出す。

「いいのかね……？　本当に代わってもらっていいのかね……？」

「僕は新入りですし、体を張るのは若い者の役目でしょう」

四十男の子供みたいな泣き顔を見て、内心よほど恐《こわ》かったのだろうとゼンは苦笑いする。

「すまないっ。ありがとうっ。恩に着る……っ」

トウモンはゼンの両手をわざわざ取って、噛《か》みしめるように感謝の言葉を繰り返した。

「そんな深刻に捉えなくていいですよ。あなたは部長で、僕が部下なんですから。一言、『行ってこい』って仰ればいいんです」

それこそ中央官庁なら、そんなのが当たり前だった。

だけどトウモンはまだゼンの両手を握り締めたまま、

「……それでも……本当にありがとう。…………内心、化物とか思っててスマン」

「化物⁉」

トウモンの言葉の意味がわからず、今度はゼンの方が途方に暮れる番だった。

何度も頭を下げながら帰宅していくトウモンを見送り、ゼンも我が家に帰った。

（さて、説明が大変だぞ）

と思った通り、エリシャが珍しく本気で怒った。

玄関入ってすぐの居間で、出迎えてくれた彼女と突っ立ったままで、

「そんなの、『お父様』が責任をとるお立場ではないじゃないですか！　今すぐ考え直してください。魔物を討伐に行くだなんて危険な真似《まね》、どうかおやめください」

とゼンの安全を想う一心で訴えてくる。

その気持ちはとてもうれしい。

でもゼンだとて、娘を想う気持ちでは負けていなかった。

「うん、それが僕にも責任があるんだよ。何せお父さんだからね。この村を——ヨヒア兄がせっかく見つけてくれたエリシャの隠れ家を、守りたいんだよ。人任せだけにせず、自分の手でね」

「っ……」

噛んで含めるように諭すと、エリシャは息を呑《の》み込んだ。

「……そんなの、私はもう何も言えないじゃないですかっ……」

賢い娘だ。でもまだ子供だ。理解してくれつつも拗《す》ねてしまう。

皇女殿下が唇を尖《とが》らせる様は、とても愛らしかった。以前なら決して見せてはくれなかった、無防備な表情だ。

「『お父様』の親馬鹿っ。愛情麻薬業者っ」

「愛情麻薬業者ってナニ!?」

「そんなに『娘』を愛情漬けにして、私が中毒患者になっても知りませんからっ。責任とってくだ

さいねっ」

「だからとるって今、言ったばかりじゃないか……」

「そういう意味でじゃないですっ。差し当たり美味《おい》しい晩御飯を作って、私のご機嫌をとってくださいねっ」

「料理でエリシャを喜ばせるのは、僕には難しいなあ」

困り笑顔になってぼやくと、エリシャは「知りませんっ」と自分の寝室に行ってしまった。

(ははっ。娘とケンカをするのは、これが初めてかな。でも案外、悪くないものだね)

ゼンはその表情のまま、今度は居間の暖炉の傍《そば》へ向かう。

火の前では、キールが丸くなっている。

居眠りしたふりをして、ゼンとエリシャのやりとりに聞き耳を立てていた。なぜか『犬も食わないぞ』みたいな顔をしていた。狼《おおかみ》のくせに。

そんなキールの傍にしゃがみ込んで、サラサラの毛並みを撫《な》でてやりながら、

「万が一の時は、エリシャを守ってやってくれよな」

とお願いする。

この賢狼《けんろう》相手に、無二の友に、ゴチャゴチャした説明など要らない。

『任された』

とキールもうなずいてくれた。

おかげでゼンは明日、後顧の憂いなく魔物討伐に専念できる。

†

翌日。

ゼンは支度を済ませると、寝室に飾ってあった長剣を手に取った。

昔、姉のシァラが贈ってくれた業物だ。

実家から一応持ってきてはいたが、もう使うことはないと思っていた。

でも手入れを欠かしたことはなかった。

一度鞘《さや》から抜いて検《あらた》めると、この刀身同様に心が研ぎ澄まされていく感じがする。

(今日の僕には大事なことだ)

その気持ちのまま、納刀して腰に佩《は》く。


広場でミナたちと合流する。

朝靄《あさもや》が晴れるのを待って、討伐隊百名余はトッド村を出立した。

ゴウタが先行して魔物を探索し、他三人の猟師が主に周囲を警戒する。

森のこの辺りはまさしく彼らの庭。異変を察知することにかけて、熟練の兵士たちでも及びつかないものがある。

「彼らのご協力は本当に心強い」

とミナも感謝すること頻《しき》りで、副長格らしい熟練の什長も大いにうなずいていた。

皆で獣道を移動しながらのことである。

一方、また別の什長はゼンに皮肉っぽい目を向け、

「あの臆病者の部長殿、本当に部下に押し付けてバックれるとはね」

などとこの場にいないトウモンを批難する。

ゼンは自分から交代を申し出たのだとフォローしようとしたが、

「口を慎まんか貴様ッ！」

とミナがいち早く部下を叱責した。

女だからか騎士といっても物腰の柔らかい彼女が、必要とあれば厳格になれることを証明した。

件《くだん》の什長もすぐに反省し、謝罪してきて、ゼンも「わかってくだされぱいいです」と許す。

さらにミナは話を建設的な方向に持っていき、

「帯刀姿が随分と様になっていらっしゃいますが、ゼン殿は剣の心得がおありですか？」

それならトウモンの代わりに来るのも当然だという、雰囲気を作ってくれる。

実際にゼンが、

「短い間ですが兵部省《へいぶしょう》では練兵室《れんぺいしつ》にいましたし、衛視局の時は現場勤務をしたこともあります」

と答えると、周りの兵らの見る目も変わった。

納得の色が浮かび、同じ武官に対する仲間意識が芽生えたように窺《うかが》えた。

さらにミナは話を続け、

「加えてゼン殿が大変な知恵者でいらっしゃることは、県令閣下からよくよく聞かされております。こたびも是非、貴殿の頭脳をお貸しいただきたい。何か思ったことがございましたら、遠慮なくお話しください」

とまで言ってくれる。

ゼンは「いや知恵者だなんて」と恐縮しつつも、彼女の配慮はありがたかった。

これもまた周囲に示しをつける明確なパフォーマンスでもあり、おかげでゼンは兵士たちに対して自由に発言できる空気が醸成される。現実に的確な助言ができるかは別として、風通しは良いに越したことはないのだ。

さすがキュンメルの姪だけあり、ミナは気配りができる賢明な人物であった。

そして、今のやりとりを聞いていた兵士——ほとんど少年といっていい、新兵だろう——が、質問するなら今だという空気を感じ取ったのだろう、

「什長殿の説明では、狐の魔物は魔法を使うとのことでしたが……。だったらこちらも魔法使いサマを雇うなりして、対抗することはできなかったんでしょうか……?」

と見るからに不安げに、周囲の誰にともなく意見を求めた。

この疑問に、他の兵士たちからも「確かに」「全くだ」と同調する気配が見える。

本来ならばミナが隊長として、兵らの疑念を払拭すべきである。

だがこの問いに関しては、説明できる知識を持っていないようだった。顔に「でも叔父上からそんな指示はなかったし……」と書いてあった。

こういう辺りは、まだまだ青さが出てしまうようだ。

また他のベテラン什長たちにも対処できる者がおらず、仕方なくゼンが口を挟む。

「魔法使いとか魔術師とか呪術師とか——そう自称する民間の人たちは全員、神秘の力など持っていない偽物ですよ。中には手品でみんなを楽しませようとか、善意の商売をしている人もいるでしょうし、詐欺師だとまでは言いませんが」

「そ、そうなのですか⁉」

よほど驚いたのだろう、ミナが騎士というより若いご婦人らしい地を出し、目を丸くする。

まがりなりにもイイトコのお嬢様で、教養だってあるだろう彼女でこれだ。

他の兵士たちはもはや唖然呆然《あぜんぼうぜん》となっていた。

「魔法を使うためには、魔力が必要なんです。書いて字の通り、魔法の源となる力ですね。それでこの魔力というやつが、人間には全く備わっていないんですよ。だから使えるわけがないんです」

ゼンが懇切丁寧に説明すると、周りが「ほへー」と感心したように聞く。

一方、疑問を呈する者もいて、

「待ってくだせえ、お役人様。この近所にある海は、大昔の偉大な賢者サマが魔法で創り出したって、オラの祖母《バア》サマから聞きました。でもそれはウソッパチだったんですかい？」

「ああ、いえ。それはちゃんと歴史的事実ですよ」

ゼンが土地伝承を肯定すると、兵たちが「なんで？」「人間には魔法が使えないんじゃないの？？？」

と頭の上を疑問符だらけにする。

彼らの反応は当然で、ゼンはさらに詳しく説明する。

「魔力がないなら、借りればいいんです。そうすれば人間でも魔法が使えるようになります」

――と。


この世界には〝五公〟と呼ばれる神獣たちがいる。

大海を支配するリヴァイアサン、大空に遊ぶドラゴン、大地の底に王国を作るベヒーモス。

そして永遠に転生を繰り返すフェニックスと、不死の肉体を持つヴァナルガンド。

彼らはまさしく神の如《ごと》き権能を持ち、この世界の何ものも彼らには敵《かな》わない（無論、彼ら自身を除いて）。

まして己の魔力のほんの一部を人間に貸し与えるくらい、彼らには造作もないことだった。


「だからジョバンニ海を出現させた件の賢者は、その大魔法をリヴァイアサンの一柱である〝一角神公《いっかくしんこう》〟キシュエラヴェリガから授かり、同時に必要とするだけの魔力も借り受けたんです」

「おおっ。そったら名前も祖母《バア》サマの話に出てきたかもしれませんっ」

「私からも質問してよろしいか、ゼン殿。畏《かしこ》くも初代皇帝ジュリアン陛下が、〝金竜神公《きんりゅうしんこう》〟カタル・カタラナ様をご盟友となさり、また陛下が崩御なされた後も、かの竜王が帝国を守護しておられるのは有名な話だ」

「ええ、ミナ殿。その通りです」

「すると、もしやジュリアン陛下もまた魔術師でいらっしゃったのでしょうか？」

そのミナの質問の答えを、ゼンはもちろん知っている。

しかし答える前に、一同の顔色を窺う。

初代皇帝と金色《こんじき》のドラゴンの友情は、こんな辺境の子供たちでも知っているくらい有名だ。

一方、ジュリアン一世が確かに〝金竜神公〟と契約を結び、魔力を借り受け、強大な魔法を駆使することで建国に至ったという歴史的事実は、ほとんど知られていない。

隠蔽とまではいかないものの、帝室が大っぴらにするのを厭《いと》ったからだ。

皇帝には絶対的な権威が必要であり、「魔法の力で国を興した」という行為に対して臣民が、「神秘的な力まで自在とする偉大な開祖だった」と捉えるか、「怪しげな力に頼るしかなかった男」と捉えるかは、微妙なラインだからだ。

だからゼンも、この場に誰も歴史的事実を知る者がいないと見るや、

「さあ、どうでしょうね」

とはぐらかした。

「ただ……高潔であらせられた初代皇帝陛下のご遺志により、もしいつか帝室が堕落し、帝国に君臨する資格ナシと〝金竜神公〟がご判断なさった時は、その神にも斉《ひと》しい魔法で帝室を断罪して欲しいというご遺言は、現在でも守られているそうですよ」

口の端に上らせるのも畏れ多い話ですが、と付け加えた。

「なんと、その逸話は事実であったのですね！」

「ええ。だからこそ歴代の皇帝陛下は皆々様、英明高邁《こうまい》でいらっしゃるんです。御自らに厳しく、臣民を慈しむよう努めていらっしゃるんです」

今日まで帝国が、多くの面で健全さを保っていられる所以《ゆえん》だった。

そう、権力というものは必ず腐敗する。

普通建国から百年も経てば、「上」から腐っていくものなのだ。魚の頭の如く。

歴史を学んだ者ならば誰でも知っている、直視し難き真理である。

このカタランが例外的にその悪例から逃れられているのは、ひとえに畏ろしい竜王が、その一番「上」を見守ってくれている――あるいは監視している――からに違いない。

もちろん、それでも歴代皇帝の自制と努力は、敬意に値することだが。

「なんと感動的なお話でありますなあ！」

とミナも興奮しきった様子で感嘆した。

学や教養がない、あるいは帝国という存在への想いが希薄な他の兵士たちは、いまいちピンと来ていない様子だったが。

それを咎めるほど、ミナは偏狭でも人心が理解できなくもなかったようだ。

またゼンもミナの感動に笑顔で同意しつつも、

（実は良い話もあれば、悪い話もあるんだけどね）

と一旦そこで口を固くつぐむ。

そう——

現代まで続く〝金竜神公〟の影響というならもう一つ、切っては切れないものが存在する。

カタル・カタラナから魔力を借り受けるのは、初代皇帝のみではない。

帝都の宮殿奥深くには、今日でもかの竜王と従契約を結ぶ、魔術師団が実在するのだ。

彼らは正真の魔法使いたちで、皇帝直属の裏組織。他の何者にも従わず、ただ皇帝の権力を護るために暗躍する。

そして魔力の源となる〝金竜神公〟を信仰し、今上を現人神《あらひとがみ》と崇め、自らを〝金剛寺《こんごうじ》〟の術僧と称する。

（そんな事実は知らぬが花だ）

そして口にするのは禍《わざわい》の元だ。

ゼンは〝金剛寺〟の存在を、はっきりよく思っていない。

というか「魔術師団には頼らず治世を執るのが名君」という価値観を、帝室やリードン家のような歴史の古い権門は共有している。

だから姉シァラの談では、潔癖なハインリはほとんど頼らなかったと聞いた。清濁併せ呑む気質のアネスが強く進言し、わずかに諜報《ちょうほう》においてのみ活用したと。

（翻って今上はどうだろうか……）

ゼンはふと思わずにいられない。

気高い皇帝だったハインリと打って変わり、その弟である今上は、幼いエリシャの暗殺を企《たくら》むような男だ。

果たして魔術師団の力を濫用する誘惑に、耐えられるだろうか？

（――いや、いかんね。今の懸案は魔物退治だ）

思索の迷宮に足を踏み入れる寸前に、ゼンは引き返すことができた。

「わかりました、お役人サマ。とにかく本物の魔法使いなんざ、おいそれとはおらんのですね」

「ええ。そもそも神獣が滅多に人前に現れませんし、契約するのはもっと至難ですから」

兵らの質問にも、すぐ反応できた。

「だったら、お役人サマ。ワシらあでもできるような、魔法対策ってないもんですかい？」

「そうですね……。あまり確実とは言えない方法ですが……」

「構わないのでお聞かせください。私も興味があります」

とミナにもせがまれ、ゼンは解説する。

「魔法を行使するにはかなり集中力が要るんですよ。だから魔物の意識を乱してやることができれば、効果を弱くしたり、あるいは失敗させたりすることも理論上は可能です」

「ほうほう！　ならぁみんなで喧《かしゅ》ましゅうして、囃《はや》し立ててやりますかいな」

「どうせやられるくらいなら、そいつぁ試してみる価値がございますね！」

「うん。希望が見えてきた」

「お役人サマはまっこと物知りでいらっしゃるなあ」

「ええ。さすがはあの叔父上――いえ、県令閣下が一目置かれるお方です」

などなど、まるでゼンの方が魔物より先に囃し立てられるような格好になってしまい、なんだか面映《おもは》ゆい。

だが一笑に付され、聞き流されるよりは遥かにいい（時々、妙に意固地な軍人がいるのだ）。

それで一人でも多く生き残ってくれることを、ゼンは真摯に祈った。

†

太陽が中天する前に、ミナは兵たちに昼食を摂る指示を下した。

仮にこのまま魔物が見つからなかったとしたら、日没前には村に帰還する予定である。

ツインテールフォックスは夜行性で、闇は狐の魔物だけに利するからだ。

ただでさえ冬は日が短く、だから全体の行動も早め早めにという好判断。

それがミナ本人によるものか、ベテラン什長の進言か、キュンメルの事前アドバイスかまではわからないが。

ともかく全員がミナ隊長を中心に、思い思いの場所へ腰を下ろす。

常備兵たちは鎧こそ革製の軽量のものだが、両手で槍《やり》と盾を持ち運び、腰に剣、背中に弓矢という重武装だから、ようやく下ろすことができて皆ホッとしている。

正直、能力に疑問が否めない田舎兵たちだが、装備は随分とまともだった。これはキュンメルの統治の賜物《たまもの》であろう。

一方、予備役の者たちは槍と盾しか持たない代わりに、大きな背嚢《はいのう》や矢筒を背負っている。練度こそ現役に敵わない半農兵の彼らだが、日々の農作業で培われた膂力《りょりょく》と体力は目を瞠るものがある。

ゆえに荷物運びという、軍において決して軽視できない役割を担ってもらっているわけだ。

予備役の者たちが下ろした背嚢から弁当を取り出し、皆に配って回る。

茹《ゆ》でてから冷ましたジャガイモと干し肉に、チーズだけの軽い昼食。森のことゆえ火は熾《おこ》さず、調理済みのものをいただく。トッド村の主婦たちが、早起きして用意してくれた。

（みんな、和気藹々《わきあいあい》としているな）

湯で戻してもまだ硬い干し肉に閉口しながら、討伐隊の食事風景を見渡すゼン。

ここまでの移動中もそうだったが、私語の多さは——例えば帝都の禁軍なら——考えられないレベル。

ミナも全く気にした様子がないし、これが辺境の軍隊の練度なのだろう。

もちろん、ゼンも目くじらを立てるつもりはない。注意する権限がまずないし、兵らのこの口数の多さは、初めて戦う魔物への不安の裏返しだとわかっているからだ。

そして実際に、兵らも決して弛緩《しかん》しきっているわけではなかった。

一人、昼食を摂らず探索を続けていたゴウタが、苦虫を嚙み潰《つぶ》したような顔で戻ってくるや、全員が一斉に私語をやめ、そちらに注目した。

「魔物がいた」

と偏屈な狩人の端的すぎる報告を聞くや、全員が一斉に立ち上がった。

もったいないが食事はその場に残し、武器を取ってミナの元へ集まる。

「あっ、あっ、案内をお願いします、ゴウタ殿」

ミナは緊張のあまりか、裏返った声で頼んだ。

兵らも皆一様に顔が強張《こわば》っている。

それでも彼らは職業意識を総動員し、応答もせず移動を始めたゴウタの後をついていく。

ゼンはゴウタの直後に続いた。

何が起きても、守れる位置だ。

ゴウタは一度振り返り、「邪魔だからもちっと離れてろ」とばかりの目をよこした。

でもゼンの面構えを見ると、何も言わず前に向き直った。

そのゴウタがほどなく足を止め、前方を指す。

ゼンが目を凝らさなくてはならないほど、まだ遠く。

だが確かに魔物はいた。

間違いなくツインテールフォックスだ。図鑑で見た通りの姿だ。

巨木の陰で丸まり、眠っている。

距離も勘案した目測で、その体長は五メートル近い巨体!

睡眠中すらまるで周囲を警戒するように、二本の長く太い尻尾が立ち――まるでそこだけ別の生き物の如く――ゆらゆらと八方へ威嚇していた。

「これ以上、近づけば見つかる。オリ一人ならもう少し近づける。起きる前に矢を射かけられる」

ゴウタにしては長台詞《ながぜりふ》。

その重要さをゼンは酌み間違えない。

急いで、だが慌てず引き返し、ミナに許可をとりつける。

「わ、わかりましたっ。そのように」

彼女の口を通して討伐隊に下知《げじ》し、まずはゴウタの示した接近可能ラインまで皆で移動。いつでも突撃できる態勢で待機。

そこからゴウタだけが先行し、弓に矢を番《つが》える。魔物に狙いを絞る。

偏屈だがその分、強靭《きょうじん》な精神の持ち主だ。皆が固唾《かたず》を飲んで見守る中、静かに、確実に、熟練の射《しゃ》を「ひょう」と放つ。

矢は過たず魔物の眉間に飛んでいく。

が、
魔物もまた眠っていたにもかかわらず、立てた尻尾の一本で、正確に叩《たた》き落としてみせた。

そして、無礼な襲撃者を睨《にら》み据えるように、ゆっくりと瞼《まぶた》を開いた。

「と――突撃ぃッ！」

ゴウタより遥か後ろにいるミナの方が、恐怖に堪えかねて号令を下す。

百人いた兵士たちが、鞭《むち》で打たれたように飛び出していく。

竦《すく》みそうになる足を鯨波で鼓舞し、ゴウタを追い越し、魔物へ躍りかかっていく。

もちろんゼンもともにゆく！

槍と盾を構えた百の兵の吶喊《とっかん》だ。鋼と人の激流だ。

が、
狐の魔物は意に解した様子もなく、あくび混じりに鳴いた。

たちまちその周囲に火の玉が無数に生まれ、フラフラと妖しく踊った。

ツインテールフォックスが得意とする魔法だ。「狐火《きつねび》」と呼ぶ学者もいた。

突撃する兵らの矛先が届くより遥か先に、その火炎魔法が猛威を振るう。

無数の火の玉が嘲《あざけ》るようなフラフラとした軌道で飛来し、兵士たちを迎撃する。

槍の柄を焼かれ、得物を失う者が続出する。

いや、彼らはまだ幸運だ。

背中に火が点き転げ回る者がいた、右腕が松明の如く炎上して絶叫する者がいた。

まさに阿鼻叫喚《あびきょうかん》の地獄絵図。

狐の魔物が嘲弄するように嫌らしく鳴く。

ただ火炎魔法の一斉射で、兵士たちは残らず勇気を刈り取られ、突撃する足を挫《くじ》かれた。

一人――ゼンを除いて。

「下がって！　みんな一旦、下がって！」

このままでは全滅必至、叫んで兵らを後退させつつ、自らは抜刀して前へと駆ける。

狐の魔物の注意を、一身に引きつける。

それは勇者の振る舞いか、はたまたただの蛮行か。ツインテールフォックスは問いかけるように、あるいは戯れかかるように、ゼンへと向けて狐火を殺到させようとした。

が、

「喝《か》ああああああああああああああああああああああッッッ！」


ゼンはその寸前、肚《はら》の底から声を振り絞り、気勢を浴びせた。

まさに裂帛《れっぱく》。

ニタニタと嗤《わら》っていた魔物が――一瞬――怯《ひる》んだ。

集中力を乱した。得意の火炎魔法を鈍らせた。

ゼンはその隙を見逃さず、巨体の肩口へ一刀を叩き込んだ。

「「おおおおおおおおおおおおおっ」」

兵らが一斉に歓声を上げる。

この魔物が決して人の身で敵わぬ存在ではないことを、ゼンが単身証明してみせたからだ。

「でも油断しないで！　深呼吸して、態勢を立て直すのに専念して！　負傷者を後退させて！」

ゼンは間髪入れずに叱咤《しった》激励する。

もちろんその間、ツインテールフォックスと激しく斬り結んでいる。

魔物は鋭い爪を振るい、巨大な顎門《あぎと》で噛み砕こうとしてくる。

二本の尻尾も厄介だ。やはりそこだけ別の生き物の如く動き、魔法の力で先端を槍のように尖らせ、絶え間なく突きかかってくる。

ゼンは体を左右に振り続けてそれらをかわし、また剣でいなし、捌《さば》き、受け流す。

苦しい防戦一方。まるで熟練の戦士を四、五人いっぺんに相手にしているかのような忙しさだ。プレッシャーだ。

生きた心地がしないとはこのことだ。

それでもなお、ゼンがツインテールフォックスの怒りを一人で請け負い、その間に討伐隊が再び武器を手に立ち上がり、また負傷者を安全な場所へ回収する、暇《いとま》を稼ぐことに成功している。

いや――一人ではなかった。

風切り音とともに、魔物の眉間を正確に狙った矢が飛来する。

ゴウタの的確な援護だ。

魔物も当然、見過ごせず、苛立たしげに尻尾で打ち払う。

でもおかげで、魔法に集中できない。ゼンへの怒りと矢への苛立ちで癇癪《かんしゃく》を起こし、狐火を発生させられない。

「ありがとう、ゴウタさん！　効いてる！　こいつに矢は有効だ！」

ツインテールフォックスと斬り結びつつ、後方にいるゴウタにもっとと頼む。

（一説によれば、狐や猫は百年生きると、二又の尾を持つ魔物に成るらしい――）

そうなれば寿命は千年を超えるともいわれている。

今、目の前にいるこいつはどれほどだろうか？

恐らく、成り立てだ。立派すぎる体格は見掛け倒しだ。

何しろ老練さが足りない。この程度で集中力を維持できないほど、魔法を使い慣れていない。

そこに勝機を見出《みいだ》すしかない。

魔物は魔物。たとえ生まれ立てだろうとも、人間より遥かに強い超越種。

「みんなも矢を使ってください！　こいつの正面は僕が受け持ちます！」

刀槍《とうそう》で囲むのではなく、飛び道具で安全に追い詰める――これがこいつ相手の最適解だと、ゼンは状況判断を下した。


（なんたることだ……）

ミナは愕然《がくぜん》となって立ち竦んでいた。

最初に突撃命令を出して以来、彼女は何もしていなかった。何もできていなかった。

隊長なので戦場を後方から督戦するのは悪くないとして、だが彫像のようにただ突っ立っていた。

何かするべきだとはわかっていても、では何をすればいいのかがわからない。

これが初陣。しかも相手は常識の埒外《らちがい》にいる、火炎使いの魔物。

おかげで頭は真っ白だった。考えようとすればするほど視界がふにゃふにゃとしてきて、ただ立っているのも困難な有様だった。

そしてミナがするべき役割は全て、ゼンが代わりに果たしてくれていた。

命のかかった戦場だ。兵らももはや当然の如く受け容《い》れ、彼の指揮に従っていた。

（ゼン殿はいったい何者なのだろうか……）

あの切れ者の叔父が知恵者と絶賛するのだから、その点、疑ってはいなかった。

しかし、恐るべき魔物を相手に丁々発止と斬り結ぶ、あの剣技の冴《さ》えはなんだ？

勇気は？　戦闘と状況判断と指揮を同時にこなす貫禄《かんろく》は？

ゼンは兵部省練兵室に身を置いたこともあると言っていた。軍の教練メニューを考え、長期計画を立て、また実際に教官として施しもする部署である。だったらこれくらいできるのも、中央官僚としては標準なのだろうか？　いや、それにしたって……。

（そういえば叔父上も兵部《ひょうぶ》上がりだし、お若いころはそこらの騎士顔負けの武勇をお持ちだったと聞く……）

この二人の共通項は、果たして偶然か。否か。

とにかくミナは――危機に際して発揮された――ゼンの能力に圧倒されていた。

自分も武官の端くれだからこそ、アクシデントに強い者こそが、戦場で最も頼れる英雄なのだと理解している。

討伐隊をあわや全滅から救ってくれた男の、戦う後ろ姿に思わず見惚《みと》れる。

けれど——

「隊長！　ご指示をください、隊長！」

と大声で呼びかけられて、ようやく我に返る。

叔父が補佐につけてくれた、最古参の什長だ。

「ゼン殿の要請通り、弓矢を使ってよいものかどうか、兵どもが戸惑っております、隊長！　皆で使えば、ゼン殿を誤射してしまう可能性があります、隊長！　速やかにご判断ください、隊長！」

と彼はくどいくらい「隊長」と連呼してくれる。

ミナに自らの立場を思い出せと、ミナの面目を潰すことなく叱咤してくれているのだ。気の利く男なのだ。

「僕に構わず射てください！　こいつに魔法を使わせる方が危険だ！」

とゼン自身はそう言ってくれているが、果たして本当に弓矢を使ってよいものか。

ミナが迷わなかったと言えば、嘘になる。

でもその迷いを断ち切った。

（どうせ私は初陣の指揮官！　私の一番の仕事は責任をとること！）

後でどんな批難を浴びようとも、ここで魔物を討つことを最優先する。

「総員、弓を持てッ。魔物を包囲し、各自の判断で射《て》ーーーッ！」

号令一下、兵らが槍と盾を捨て、弓を構える。

矢を番え、狙いのついた者から次々と射放つ。

遠巻きに包囲し、四方八方から魔物へ浴びせる。

相手は巨体だけに、面白いように矢が突き立つ。

弓矢に習熟していない予備役の者たちにも、矢筒だけは大量に持たせてきたから、尽きる心配もほぼない。

ただし、弓射はあくまで高等技術だ。

常備兵は日々修練を積むが、それでも百発百中には程遠い。

まして実戦の、緊張の最中ではなおさらだ。

ゆえに何人かの矢が、魔物ではなくゼンの背中に誤って飛んだ。

その者らが自分の失射に気づいて蒼褪《あおざ》めた。

「危ない！」とミナも悲鳴を上げた。


なのにゼンは「ひょい」と横にかわした。


まるで背中に目がついているかのような動きだった。

しかもマグレや偶然ではない。

その後も兵たちの誤射は続くが、ゼンは尽《ことごと》くかわしてみせる。

無論、狐の魔物の猛攻を捌きながらだ。

本人は事も無げにやってみせているが、まるきり超人技の域である。

ミナはもう唖然呆然。

「道理で構わず射よと申されるわけですな……」

とベテランの什長も冷や汗を拭う。

初めはゼンとツインテールフォックスが——二匹の化物がそこだけ違う世界で、戦いを繰り広げているように見えていた。

でも今は、四方八方から矢が降り注ぐ最中で、魔物だけが浴びて血を流し続けるという、騙《だま》し絵みたいな光景にミナの目には映った。


一方、ゼンは味方の矢が殺到する中で、格段にやりやすくなったと感じていた。

とにかく魔物の魔法さえ警戒せずにすむなら、ただの猛獣狩りのようなものだ。

横暴な姉に、幼少から散々やらされたのと変わりない。

気後れせず兵に弓矢を使わせる判断をした、ミナにも感謝。

最初は彫像と化していたが、結果はオーライ。

鞭のようにしなって迫る魔物の尻尾を、斬り飛ばしつつゼンは思う。

（うん。初陣でこれなら大したものだ。将来は立派な騎士に育ちそうだ）

キュンメルも鼻が高いだろう。

（それに兵のみんなもよくやってくれてる）

最初の地獄絵図の時点で、恐慌を起こして壊走してもおかしくなかったのに。

確かに練度も経験も頼りなかったが、踏み留まって戦うことのできる良き兵たちだ。

（シァラ姉ならそれこそ、これくらいは一人でも狩れたろうけどね）

年経た魔物でないことにも助けられていた。

ゼンは己がどこまでも常人の域を出ないことを知っていた。

そして決着の時は訪れる――

狐の魔物が激しく鳴いた。

怒りも苛立ちも痛みも降り注ぐ矢も全て忘れて、意識を総動員した。

ゼンだけは、目の前の男だけは絶対に焼き滅ぼしてやるという覚悟で、無数の狐火を生んだ。

そんな悍《おぞ》ましい殺意にさらされて――ゼンは苦笑いを浮かべた。

なぜならツインテールフォックスが全意識をゼン一人に集中させた、そんな隙を絶対に見逃さない狩人がこの場にいることを、もう知っていたからだ。

ゴウタの放った一矢が、魔物の右目に突き立った。

（お見事！）

ゼンもまた当意即妙に連動した。

右目を失った魔物の死角へと――

横暴な姉に、幼少のころから鍛えられた足捌きを使って――

滑らかを通り越した「ぬるり」とした所作で入り込む。

そして足腰のバネも利用し、長剣を斬り上げる。


たちまちツインテールフォックスの太い首が、宙を舞った。


喉元からバッサリ、一刀の下にゼンが刎《は》ね飛ばした。

だが間髪入れずに跳び退《すさ》ると、剣を構え直して残心をとる。

魔物の恐さ、執念深さはわかっている。

だからツインテールフォックスが最後のあがきで魔法を使い、首だけのまま顎門を開き、飛びかかってくるのは読めていた。

それを縦に両断し、今度こそ息の根を止めたのだった。

第七章　ゼンの真価

「やったあああああああああああああっ」

「勝った！　オラたち勝ったどおおおおおっ」

「お役人サマのおかげだあっ」

「あんたぁほんとスゴいお人さね！」

魔物が斃《たお》れるのを見て、兵たちは歓声を爆発させた。

抱き合って喜ぶ者、感謝感激のていでゼンに駆け寄る者、極度の恐怖と緊張から解放されて涙が止まらなくなってしまう者――様々いる中で、ゼンだけが冷静に指摘する。

「まずは怪我人の手当てが先決です！」

狐火《きつねび》にやられ、火傷《やけど》で苦しんでいる者たちもまた大勢いた。

彼らは戦いの巻き添えに遭わないようゼンが出した指示で、予備役の者たちが遠くへ運び、ひとまとめに寝かされていた。

駆け寄って容体を診ると、誰も彼も重傷だ。

幸い死者だけは一人も出ていなかったが、それもこのまま放置すればどうなるか。本格的な治療はナザルフ市に帰らなければ不可能として、応急手当だけでも早いに越したことはない。

問題は半農兵たちの背嚢《はいのう》に、包帯くらいしか入っていないことだが、

「この森には薬草がたくさん自生しています。火傷に効くものもあります。手分けすれば、すぐに充分量が集まるはずです」

と指示を出すと、皆が熱心にうなずいた。

さっきからミナのお株を奪いまくりだが、人の生き死に関わる事態なので許して欲しい。

もちろん、聡明《そうめい》な彼女は決して物事の優先順位を間違えなかったし、むしろ率先して「その薬草の特徴を教えていただきたい」と聞きにきてくれた。

ゼンは急いで下生えをかきわけ、火傷にも良く効くゲンゲ草を見つける。サンプルとして皆に示す。

ツインテールフォックスの注意をゼンが釘《くぎ》付けにした甲斐《かい》があり、隊の三分の二くらいの者は無事だったから、手分けをすれば充分量は簡単に集まった。

それを間違いないかゼンがチェックし（よく似た毒草であれば大事だ！）、皆で手分けして磨《す》り潰《つぶ》しにかかる。

薬草を集める間に、ゴウタら猟師たちには焚火《たきび》を熾《おこ》してもらっていた。

磨り潰すのに乳棒も鉢もないので、煮沸した清潔な石で間に合わせるしかないのだ。

鍋の類《たぐい》も持ってきていないが、木の皮を剝いで編めば充分代わりになる。そのやり方も、近くの川の位置も、さすがゴウタたちは知り尽くしていた。

そうしてできた簡易の火傷薬を、ゼンが負傷者の患部に塗って包帯で巻いていく。

この規模の小部隊に、救護兵なんて気の利いた者はいない。ゼンを手本に、見様見真似《みようみまね》でやって

もらうしかない。

皆、真剣に取り組んでくれた。

せっかく魔物に勝ったのだ。どうせなら全員で生還したい――そんな共通意識が芽生えていた。

良い兵たちだともう一度思った。

ミナもまた部下任せにせず看護に当たり、負傷者たちに声をかけ続けた。良い隊長だと思った。

だけど、でも、その上で敢《あ》えて、忌憚《きたん》なく思う。

（ツインテールフォックスと戦うには、実力も経験も全く足りていなかった。それを補えるだけの兵数も全く足りていなかった）

魔物の最初の攻撃で、狐火のわずか一掃射で、この部隊は実質的に壊滅していた。

ゼンは全知全能の神などでは決してない。実際に戦ってみなければ、どうなるかはわからなかった。

でもいざそうしてみれば、ゼンの予想を遥《はる》かに下回る結果となった。

（……もし今、新手の魔物の襲撃を受けたら、僕はみんなに逃げろと叫ぶしかない）

暗澹《あんたん》たる想いで、深刻な問題について考える。

負傷者たちの手当も粗方終わり、皆が安堵《あんど》して撤収準備を始める様を、険しい顔で見回す。

ところがそこで、思考を中断させられた。

「ゼン殿には改めて感謝を！」

とミナが駆け寄ってきたからだ。

危急の事態が片付き、ようやくゆっくり話ができるという風情だ。

「ゼン殿の的確なご判断と、獅子奮迅《ししふんじん》の活躍のおかげで勝てたようなものです。もしあなたがいなかったら、私たちは恐らく全滅の憂き目に遭っておりました」

「いえ、皆さんも初めて魔物と戦う中で、よくぞ奮戦してくださいました。僕一人の勝利なんかじゃ決してありません」

これは全き本音でゼンは賞賛する。

「もしやゼン殿は過去に、魔物と戦ったことがおありですか？」

「ええ。二又の尾を持つ狐《ツインテールフォックス》と戦うのは初めてですが、猫の方ならありました」

「なんと！　中央官僚はそんな危険な役目まで職掌に含まれるのですか⁉」

「そうですね。部署にもよりますが、禁軍や衛視を率いる立場だと避けられませんね」

一般論で答えたが、ゼン自身には特殊事情がある。

帝都を魔物が騒がせるたび、頭のおかしい姉に退治を手伝えと、ゼンの部署関係なしに駆り出されたのだ。囮《おとり》役や矢面に立たされるのはいつもゼン、トドメを刺して手柄と名声をほしいままにするのはシァラという、**美しい**姉弟関係である。

まあ、姉の名誉のためにミナには黙っておくが。

「意外でした。帝都みたいな大都会でも、魔物が出没するのですね」

「むしろ極端に人口の多い場所の方が、かえって被害が起きやすいという統計もあります」

一説によれば、大量の人間の喜怒哀楽が吹き溜《だ》まると、妖魔を生じさせると言われている。

あるいは好奇心旺盛な幻獣を引き寄せたり、イタズラ心を起こさせたりも。

「ゼン殿はきっと某《それがし》など想像もつかぬような経験を、たくさんなさったのでしょうね」

「僕はどの部署でも出世できなくて、たらい回しにされてましたから。雑用経験だけなら、誰にも負けないでしょうね」

ミナがひたと向けてくる尊敬の眼差しが面映《おもは》ゆくて、ゼンは冗談混じりに答えた。

「よろしければ今度、いろいろお話を聞かせていただけないでしょうか？」

「ええ、僕なんかのでよかったら」

幸か不幸か失敗談は山ほど持っているので、ご婦人を笑わせる自信があった。

ミナも今討伐任務の事後処理が山ほどあるし、それが落ち着いたら一度どこかで、という話の運びになった。

「約束いたしましたからね！　決して社交辞令ではありませんからね！」

念を押してくるミナの、尊敬を通り越した憧憬《しょうけい》の眼差しを向けられて、ゼンは面映ゆさを通り越して困惑を覚えた。

その後も村に帰るまで、質問攻めに遭った。歳はいくつかだとか、妻帯はしているのかだとか、主にプライベートな話ばかりを。

なぜか。

†

ナザルフ市に凱旋《がいせん》したミナは、叔父であり直属の上司である県令キュンメルに、魔物討伐の一部始終をまずは口頭で報告した。

県令府の置かれた公館四階、彼の執務室のことである。

「よくやってくれた、ミナ。死者ゼロ人とは私の期待を遥かに上回る、素晴らしい結果だ」

「いえ、閣下。いざ戦いが始まった後、某はただの置物でしかありませんでした。全てはゼン殿のお手柄です」

「初陣ならそんなものだ。おまえが功に逸《はや》らず、むしろゼン殿の邪魔をせず彼の能力を十全に活かしたことを、私は高く評価しているのだ」

「それも閣下が事前に、某によくよく言い含めてくださったからです」

実直な性格のミナは謙遜抜きに、はきはきと答えた。

キュンメルも満足したように何度もうなずいた。

さらに詳しくは書類での報告となる。この報告書というのがカタランは大好きなお国柄で、県令閣下宛てのみならず上位所轄のシーリン州知事府等、各所に書かねばならない。

その作成や火傷を負った部下の見舞いなど、隊長たるミナには事後処理が山ほど残っている。

だから本来ならもう退室すべきだったのだが――

「お訊《たず》ねしてもよろしいでしょうか、叔父上」

ミナはこの場に留《とど》まり、話題を変えた。

閣下と呼ばなかったのは、ここからは公務外の話だというサインだ。

キュンメルも県令ではなく姪《めい》に対する優しい顔になって、もちろんとうなずいてくれた。

「では叔父上——ゼン殿はいったい何者なのでしょうか？」

「ふーむ。何者か、というと？」

「ゼン殿は中央官僚でありながら、こんな辺境まで左遷させられた方です。よほどの失態がなければ、通常あり得ない話です。さらには〝リードン四兄弟〟の出涸《でが》らしだとか、上級官吏登用試験にもギリギリでしか合格できなかったとか、その後も全く出世できなかったとか、だから同期に笑われているとか、不名誉な噂《うわさ》は某もいろいろと耳にしました。しかし叔父上はゼン殿のことを大層認めてらっしゃいましたから、某は偏見の目で見るのを戒めておりました」

「良い心がけだ。そして実際、ゼン殿と接してどうだったかね？」

「某の想像を絶しておりました。特に戦闘能力と指揮統率に、目を瞠《みは》るものがございました。長く文官として奉職なさったと聞くゼン殿に、どうして世の武官が羨むほどの能力まで備わっておいでなのか、不思議でなりません」

まだ若いミナはともかく、討伐隊には百戦錬磨の什長《じゅうちょう》も三人つけてもらったが、彼らの誰もゼンの足元にも及ばない——否、比較すること自体がおこがましいほど差異があった。

本人に直接根掘り葉掘り訊ねるのも憚《はばか》られ、ならばこの博覧強記の叔父ならばご存じないかと訊ねたまで。

そんな当然とも思える疑問に対して叔父は、

「ミナ。おまえは真面目だし、護衛官としてよく努めてくれている。が、これからは社会のことももっと勉強するべきだな」

　苦笑顔になって言った。

「……と、仰《おっしゃ》られますと？」

「順番に話をしよう。まずは上級官吏登用試験についてだが——これは帝国全土から毎年、実力も自信もたっぷり持った英才たちが、三千人を超えて集まり、競い合う狭き門だ。晴れて上級官吏となってエリートコースを歩み、将来の尚書や将軍となるためにな。しかし実際のところ、その合格者の席はいくつくらいだと思う？」

「狭き門ということでしたら、百名くらいでしょうか」

　ミナは少し考え、当たらずとも遠からずだろうと自信を持って答えた。

　キュンメルはますます苦笑いになって答えた。


「五人だ」

「い、い、」


　一瞬、ミナは叔父の言葉の意味がわからない。

　そんな姪に嚙《か》んで含めるように話を続けてくれる。

「まず受験者が多すぎるため、集まったその日のうちに試験を行い、ここで二千九百人が足切りされる。そして残った選良の中の選良である百人が、一年もの時間をかけてあらゆる能力を問われ、試され、さらに残った英才の中の英才であるたった五人が、その年の合格者となるのだ。

かくいう私自身も、このナザルフでは神童と呼ばれて育ち、自信満々で上級官吏登用試験を受けに行ったんだよ。足切りを回避できた時は、私に不可能なことなどこの世にないとさえ思った。まあ、自惚《うぬぼ》れにも過ぎた。一年後、私の最終成績は百人中、百番だった」

悔しかった――と叔父は噛みしめるように言った。

きっと今でも、若き日の苦い思い出が忘れられないのだろう。

「だから翌年も挑戦した。その翌年も。さらに翌年も。

十年かけて十回受験して、全て不合格だ。

もうこれが最後と決めて、死に物狂いで挑戦して、それでも百人中十一番がやっとだった」

お手上げだったとばかりにミナの前で肩を竦《すく》め、おどけてみせる。

「それで私は諦めて、翌年は中級官吏登用試験の方に切り替えたんだ。

正直、簡単すぎて乾いた笑いが出たよ。

私は首席で合格し、兵部《ひょうぶ》の本省で働くことになった。

同期でも一番上まで出世して、先代陛下のお目に留まった。

そしてこのナザルフ市の県令に任命され、故郷に錦を飾ることができたという話さ」

自身の体験談も交えた叔父の話を、ミナは黙って聞いていた。

聞けば聞くほど、圧倒されていた。何も口を挟むことができなかった。

「わかるかい、ミナ？　ギリギリだろうとなんだろうと、上級官吏登用試験に合格できること自体がもう『化物』の証なんだよ。しかもゼン殿は弱冠十五歳で、一発合格だ」

この叔父は上級官吏登用試験の過酷さを我が身で知り抜いているからこそ、ゼンのことを下にも置かない扱いをしていたのだ。落ちぶれた小役人などと、決して笑わなかったのだ。

「では叔父上。ゼン殿がご兄弟の中で、出涸らしだという噂話は？」

「上の御三方はもう歴史に名が残るレベルの偉人たちだよ。彼らと比べてしまえば、他の誰であろうと無能の誹《そし》りを免れないね」

「同期に笑われているという話も？」

「あの地獄の試験を突破した同じ化物からすれば、ゼン殿は物足りないのかもしれないね。私からすれば雲の上の世界の話で、想像もつかないが」

「全く出世できなかったのも？」

「人事を司る式部尚書が、ゼン殿の実兄なのだよ。閣下に何か深いお考えがあって、敢えてゼン殿を六省でたらい回しにしていたのではないかと、私は睨《にら》んでいる――いや、今ではもう確信しているよ」

（それはさすがに叔父上の考えすぎというものでは……？）

聞いてミナは、反射的に思ってしまった。

でもすぐに考え直す。この叔父がどれだけ洞察や思索に長《た》けた鋭い人間であるかを、姪の自分は知っているからだ。

一方、叔父は「わからないならそれでいい」とばかりの態度で、今度は常識論の範囲で解説し直してくれる。

「式部尚書閣下には私もお会いしたことがあるが、常に冷静で公明正大なお方だった。身内を出世させようと思ったら、どこからも文句が出ないほどの実績を残して初めて検討する――そんなお方だったよ」

つまりはゼンはエリートコースといっても、何も舗装されていない茨《いばら》の道を歩かされた結果、出世と無縁だったとも考えられると。

「さらに言うと、私自身がゼン殿とお会いして思った。彼は自分の手柄を主張するどころか、簡単に他者に渡してしまう損な性格をしている」

それはミナも激しく同意だった。

今回の魔物討伐がまさにそうだ。ゼンはあれだけの大活躍をしておきながら、褒美や勲章を無心するどころか武功さえ主張していない。

もしミナが悪人で、あることないこと叔父に報告して、全部自分の手柄にしてしまったら、いったいどうするつもりか。

否、ゼンはどうもしないのだろう。「村が救われてよかった！」とか考えて、それで満足なのだろう。

別れ際、彼はそんな顔をしていた。

「ゼン殿がどれほど優れた御方か、疑いないのは理解できました。ゼン殿にまつわる噂話が、虚偽ではなくも核心を捉えたものではないことも。ですが叔父上、文官のはずのゼン殿の、軍事におけるあの能力の説明まではつきません」

「それはまさしく、帝国の特色ともいえるだろうね」

社会を知らぬ田舎娘に、叔父は再び嚙んで含めるように教えてくれる。

「この帝国は皇帝陛下がご親政を執り、貴族を置かない中央集権国家だ」

普通の国家ならば、貴族たちが国政や軍事を任され、また地方の統治（領地経営）も代行する。

だがその貴族のいないカタランでは、上から下までの全ての役人たちが皇帝の手足となり、時に目となり頭脳となり、国政も軍事も地方統治も運営する。

つまりはカタランはこの時代、この大陸にほとんど類を見ない、超官僚主義国家なのだ。

例えば軍でも上に立つ者たちは、将軍も佰長《はくちょう》（百人隊長）も漏れなく全員、官僚なのだ。

「ゆえに帝国の官僚は、本質的になんでもできることが求められる。文官とて弓馬《ゆんば》が執れないでは侮られるし、武官に学問教養がなければ蛮人と蔑《さげす》まれる」

地方に行けば行くほど役人のレベルも下がるから、ミナのような武辺者が許されているだけだったという話で。

「一軍の将ともなれば、参謀たちと軍事作戦を対等以上に議論し、兵站《へいたん》計画の一つも自ら立てられるくらいでないと、帝国では話にならない。いくら一騎当千であろうとも、武勇一辺倒の戦国時代の英雄は、カタランではせいぜい佰長程度のポストしかない」

「……ではゼン殿が文武両道なのは、中央官僚なら当たり前だと？」

「そうだ。ましてや上級官吏登用試験では、あらゆる能力を問われると言っただろう？　当然、刀槍《とうそう》や弓馬も考査の内だ。将来の尚書だけでなく、将軍としての才も試されているのだ」

だから同じ試験に挑戦したこの叔父も、若いころは騎士顔負けの武勇を誇っていたのか。

「ですが世の中には、恐ろしく頭が切れるけど運動が苦手という者は多いですよね？　そういう者は上級官吏登用試験に合格できないのですか？」

「そういう者たちは何かの分野で、天下の奇才レベルの能力を見せつけなければ、合格は難しいだろうな」

翻って――と叔父は言葉を重ねる。

「ゼン殿がギリギリでの合格だったということは、何か突出した才はなかったのだろう。だが逆に、不得手も全くないはずなんだ。でなければ合格できるわけがない。

ゼン殿は以前、本省のあらゆる部署を次から次へとたらい回しにされ、雑用から始めて戦力になるまで半年かかっていたと自嘲していたが、これなどは私には信じられないことだよ！

中央官庁で求められるレベルでの話なんだ、何か一つに習熟しなくては雑用さえまともにこなせるようにはならない。それをたったの半年で、しかもどんな部署の職掌だろうとだ。いやはや、私などでは到底真似できることではないよ」

叔父が興奮気味に語った理由が、ミナにも理解できた。


つまりは――

ゼンたち化物の世界での「器用貧乏」は、ミナたち凡人の世界では「万能」に他ならないということ。

（某などでは計り知れなかったのも当然だ。あまりに尺度が違いすぎる）

ゼンの飾らない人柄と態度にも、すっかりだまされた。

いや、だまされたは言葉がよくない。この切れ者の叔父をして化物といわしむる彼なのに、あんなに純朴でいられるだなんて素敵な話ではないか！

ミナはますます尊敬と憧憬の気持ちを深めずにいられなかった。

「ありがとうございます、叔父上。おかげでゼン殿について不思議に思っていたことが、全て理解できました」

一礼し、今度こそ退室しようとする。

ところが今度は叔父の方が呼び止めた。

しかも厳格な県令の顔に戻っている。

「私からも聞きたいことが残っている」

「はい、閣下。なんなりとご下問ください」

「おまえは負傷者だけでなく、兵を全員トッド村から引き上げてきたようだが、ゼン殿から何も言われなかったか？」

「は……？　い、いえ。丁寧な感謝とともに、笑顔で見送られただけですが」

「そうか……。ゼン殿がそれでよいなら、問題なかったということだろうな……」

キュンメルは難しい顔になりながら、自分で自分を納得させる様子だった。

そんな県令閣下の奇妙な態度に、ミナは首を傾げた。

そして、今度こそ退室が許された。

†

それは四つの肢《あし》で、夜の森を闊歩《かっぽ》していた。

復讐《ふくしゅう》のためである。

時々地面に鼻を近づけては、人間どもの臭いを辿《たど》る。

今宵は月明かりがほとんどなかった。

しかし夜目が利き、嗅覚が発達したそれにとってはなんら問題なかった。

むしろ太陽が高いうちは眠りにつき、傾くころになって起き出すのが日常。

それにとっては夜こそが己の時間だった。

歌い、踊り、獲物を狩り、喰《く》らう——そうして百年、生きてきた。

掛け替えのない半身とともにだ！

そんな在りし日々を振り返りながら、それは現在単身で行動していた。

歌いもせず、踊りもせず、腹を満たすための獲物も探さず、ただただ人間どもを皆殺しにするために。

二本の尾が怒りで震え、揺れる。

五メートル近い巨軀《きょく》に、同じ夜行性の狼《おおかみ》どもが怯《おび》えて道を開ける。

魔法で作り出した無数の火の玉が、周囲を護衛するように漂う。

それは人間たちがツインテールフォックスと呼ぶ魔物だった。

この日の昼に、ミナ率いる討伐隊に退治されたそれとは別固体。

だがその同胞を——半身を殺された恨み骨髄で、討伐隊の臭いの痕跡を追い、ついにトッド村へとたどり着いた。


いざ仇討《あだう》ちの時である。

この集落で眠る人間どもを、屠《ほふ》り尽くしてやろう！

魔法で全てを焼き払い、煉獄《れんごく》に変えてやろう！

泣き叫ぶ者どもを、生きたまま喰らってやろう！

それは双眸《そうぼう》を憤怒で赤く爛々《らんらん》と輝かせ、村へと向かう。

討伐隊の兵士もただの村人も、それには判別がつかない。

ゆえに女も赤子も皆許さない。

一歩ごとに殺意を高め、一歩ごとに狐火を呼び出していく。

そしてあと一駆けで村の入り口だというところで、それは足を止めた。

仄暗《ほのぐら》い月明りの下——待ち構えている一人と一頭がいたからだ。

一人は剣を佩《は》いた男だった。

一頭は巨体を持つ白狼《はくろう》だった。

どちらかがどちらかを付き従えるのではなく、あたかも半身と半身の如《ごと》く並び立っていた。

その人間の方が言った。

「やっぱり番《ツガイ》がいたよ、キール。起きて待ってて正解だろ？」

巨狼の方も言った。

『ああ。こやつが村を焼くというなら、看過も容赦もできない』

一人と一頭から、それへと向けられた戦意がひしひしと伝わってくる。

愚かな奴らだ！

それは嘲弄するように、甲高い声で鳴いた。

力の差を思い知らせるために、夜天を覆い尽くさんばかりの狐火を顕現させた。

「ああ、雌の方が魔力が高いってのは、本当だったのか。まったく文献も当てになるなあ！」

『泣き言を言うな、友よ。エリシャを守るためだろう？』

一人と一頭はそんなやりとりをしつつも、戦う構えをとった。

男が剣を抜き放ち、巨狼がやや前傾姿勢になった。

それの凄《すさ》まじい魔力を見ても、腰を抜かしも逃げ出しもしなかった。

まったく勇気と無謀の区別もつかないとは！

それはもう呆《あき》れ、一人と一頭にその愚かさの代償を支払わせることにした。

同時に突撃してくる一人と一頭を、全ての狐火で一斉に迎撃した――

そして翌朝。

エリシャはベッドを抜け出すと、寝室の窓を開けて新鮮な空気を取り込んだ。

二階から眺めるトッド村の景色は、まさに平和そのもの。

天気も快晴！　近所の家々の屋根も、早くから野良仕事に出かけるご夫婦も、朝日を浴びて光り輝いているように見えた。

しばらく眺めていたかったが、冬の早朝だ。さすがに寒くてぶるりと震える。

朝食の支度もあるし、窓を閉めて一階に下りる。

（天気もいいし、今朝は焼きたてのパンを買ってこようかしら）

などと鼻歌混じりに考える。

宮殿では「鼻歌なんて品のない！　庶民のすることです！」と叱られて育ったから、普段のエリシャは口ずさんだりしない。

だけど今日は例外だった。それくらい上機嫌だった。

理由は単純、昨日ゼンが無事に討伐隊と生還してくれたからだ。エリシャは思いきり心配したからこそ喜びもひとしおだったし、その気分が継続しているのだ。

（やっぱり買いに行きましょう。ゼン様に美味《おい》しいものを食べていただかないと！）

エリシャはとびきりの笑顔になって、居間のドアを開けた。

中でゼンが血まみれで倒れていた。


「いやあああああああああああああああああああああああ!?」

エリシャは絹を裂くような悲鳴を上げ、卒倒しかける。

でもすんでのところで堪《こら》え、ゼンに駆け寄る。

「ゼン様!? ゼン様!? いったいどうなさったのですか!?」

お父様呼びするのも忘れて、容体を確認する。

だが医術の心得のないエリシャは、まるで要領を得ない。外傷一つ見つけられない。

ならば誰か助けを呼ぶしかない。

「ああ、どうしてこんなことに……」

昨夜のうちにいったい何が起きたのか。

まさか強盗でも入ったのか。

エリシャはボロボロ泣きながら、立ち上がろうとする。

そこへ――

『大丈夫だ、エリシャ。ゼンは無事だ』

と穏やかな声が聞こえた。

いったい誰が？　と居間の中を見回すエリシャ。

血まみれのゼンにばかり気を取られていたが、キールが暖炉の前で丸まっていた。

でも他には誰もいない。

（まさか気が動転するあまりに、幻聴が聞こえてしまったんでしょうか……？）

ゼンがこんな有様になっている以上、自分がしっかりしないといけないのに。エリシャはおろおろとしてしまう。

すると――

『怪我はもう全て癒えているし、その血もただの返り血だ。だから安心しろ、エリシャ』

とまた声が聞こえた。

さっきは気づかなかったが、頭の中で直接響くような不思議な声音だ。

同時に起き上がったキールが、エリシャの方へやってくると、落ち着かせるように大きな鼻面を首元へ寄せてくる。

「まさか……」

とエリシャは震え声になってキールを凝視した。

そのまさかだった。

『すまない、エリシャ。話しているのは私だ。キールだ。君がパニックになってはいけないと思い、つい声をかけてしまったのだが……よけいに驚かせてしまったな』

とキールが謝罪の言葉を紡いだ。

「シャベッタアアアアアアアアアアアアアアアアアアアアア⁉」

エリシャはもう驚きのあまり、皇女にあるまじき絶叫をしてしまった。

そして、そんなエリシャの大声を聞いても、ゼンはなお寝こけていた。

キールとともに二匹目のツインテールフォックスを退治したはいいが、それほど疲れきっていた。

ただし寝顔は満足げなものだった。

加えて寝言もまた誇らしげだった。

「お父さん、ちゃんと頑張ったからね……」

と。

第八章　十二月二十日

トッド村の役場は連日、和気藹々《わきあいあい》とした空気になっていた。

十二月も後半に入り、仕事納めが見えてきたからだ。

「みんなは年末年始はどうすごすんだい？」

「アタシは毎年ドンナ叔母さんトコに入り浸って、美味《おい》しいものをいっぱい食べるわ」

「ボ、ボクに予定なんかあるわけないでしょう。思いきり寝てすごしますよ」

「ウチは初孫ができたからって、ジジババが遠いのにわざわざ遊びに来るんだと」

などと長期休暇の使い道について、事務仕事の合間に談笑している。

もちろん、先の魔物騒ぎが無事に解決したからこそ、呑気《のんき》にもしていられる。

しかも村の平穏を保った功績で、県令府から役場の全員に賞与《ボーナス》が出ていたから、ますます皆の顔が明るいわけだ（なおゼン以外は別に大したことはしていないが、こういう時にケチケチしないのがキュンメルの人徳である）。

「チミたち、仲が良いのもけっこうだが、仕事の方もちゃんと頼むよ。今年ももうあと少し、最後まで気を抜かないように頑張ろうじゃないか」

などと部長のトウモンも、口では部下たちの私語を窘《たしな》めるが、いつものように本気で咎《とが》めたりしない。

もうニッコニコで、彼の痩せた頬さえ零《こぼ》れ落ちそうなほど。

連日の上機嫌さでいえば、役場の中でもトウモンこそ一番だった。

理由はある。

トウモンはこの役場の部長、すなわちトッド村で一番偉い責任者だ。

慣習上の村長はいるが、あくまで彼は「村人の代表」「顔役」にすぎず、正式な官職ではないし一切の権限も有していない。

ゆえに村に凶事が起これぱトウモンはその責任をとらなくてはならないし、逆に吉事があればトウモンが最も功績を認められることになる。

今回で言えば、降ってわいた魔物騒ぎはとんでもない凶事だった。トウモンの器量《キャパシティ》を遥《はる》かに超えた事件で、責任など到底とりきれるものではなかった。

ところが終わってみれば、まさかのスピード決着。しかも村の被害はゼロ（討伐隊の負傷者には申し訳ないが）。これは吉事以外の何ものでもなく、トウモンとしても鼻が高い。「ワシが役場部長を務めた村で、魔物騒ぎが起こったことがあるが、大過なく解決できたものよ」と一生自慢できるレベル。

と言いつつ、事件解決から数日は怯《おび》えて暮らしていた。

トウモンが討伐隊への同行を求められたにもかかわらず、ゼンを身代わりに行かせたからだ。しかもそれがトウモンの怯懦《きょうだ》によるものだと、討伐隊にばっちり目撃されていたから、言い逃れもできない。

なぜ部長の責務を全うしなかったのかと、県令府の評価が下がり、叱責を受けるに違いないと震えていた。

最悪、部長から降格となり、ゼンに椅子を取って代わられるのではないかと恐れていた。

つい命惜しさでゼンに魔物討伐に行ってもらったが、早まった判断だったと後悔していた。

ところが全ては杞憂《きゆう》だった。

県令府からの叱責はなかったし、逆にキュンメルからお褒めの言葉を書状でいただいた。

魔物騒ぎの顛末《てんまつ》について、トウモンとゼンがそれぞれ県令府に提出した報告書に、トウモンは「部下（ゼン）の実力を信じ、何が起きても責任は全て私がとるから、思ったことを存分にやるよう指示を出した」とおためごかしを書き、ゼンは「日ごろの部長の薫陶よろしく、全力を尽くすことができた」と書いた（らしい）、それらが県令閣下を大いに満足させたのだ。

なのでトウモン的には最悪の事態から夢みたいに状況が好転し、これがうれしくないわけがない。

部下たちが休みを前に気の抜けた仕事をしても、目くじらを立てないのはそういう理由だ。

「さて、そろそろ一息入れようか」

とむしろ、午前のうちから二度目の休憩を指示するほど。普段は午前と午後に一回ずつしか休憩をとらせない上司なのに。

それで部下たちが喜び、

「じゃあお茶を淹《い》れてきますね」

とゼンが率先して席を立つ。

この職場ではお茶酌みは一番後輩の役目という、暗黙の了解がある。

とはいえゼンは部下の中では最年長で、元中央官僚で、雑用なんてプライドが許さないのではないかとトウモンなどは思うのだが、ゼンは嫌な顔一つ見せたことがない。

ゼンが来る以前、後輩且《か》つ最年少だったアンナなどは、「なんでアタシばっかり」「別に職務規定でそうなってるわけじゃないのに」と毎日ブツクサ言っていたが。

ゼンはむしろ毎日楽しそうに、厨房《ちゅうぼう》からとってきた薬缶《ケトル》を事務室の暖炉にかけ、鼻歌混じりに湯が沸くのを待っている。

このド田舎の村役場にすっかり馴染《なじ》んだ、なんとも風采《ふうさい》の上がらない姿というか……これで二か月前までは帝都本省のバリキャリだったとは信じられない。

もちろん、トウモンももはやゼンの能力は疑っていない。

むしろまだまだ底知れないところがある。魔物討伐から生還したゼンが、隊長のミナ以下兵たちの熱烈な尊敬と信頼を勝ち取っていた様子に、いったい何をやれば一介の役人がこうなるのかと驚きを禁じ得なかったものだ。

（こいつは本当に何者なのだろうか……）

トウモンは改めて思う。

最初はどんな不良役人が左遷させられてくるのかと疑いの目で見ていたし、部長の座を狙っているのではないかとビクビクしていたが。

「お待たせしました、部長」

と紅茶を持ってきてくれるゼンの、その笑顔に裏がないのは伝わる。

少なくともこの男が善人であることは、同じ職場で一か月働いただけでよくわかる。

実際、もしゼンが部長の座を狙っていたのだとしたら、先の県令府宛ての報告書に、討伐隊に帯同した自分が如何《いか》に責任感溢《あふ》れるかを書き連ね、その役目から逃げたトウモンを悪《あ》し様《ざま》にしておけばよかったのだ。

「ありがとう、ゼン君。チミもすっかりこの職場に慣れてきたようだねえ」

「はい、部長。一生ここでやっていきたいくらい、ステキな職場ですから」

などと他愛無いやりとりをしつつ、トウモンは思う。

（わ、ワシだって恩知らずではないっ。魔物退治を代わってくれたことも、県令府に対してワシを立ててくれたことも、感謝しておるっ）

ゼンへの敵愾心《てきがいしん》を維持することは、もう難しくなっている。

だから、引きつりながらも笑顔を作ってこう言った。

「いずれワシが定年したら、次の部長はきっとゼン君だろうね……ハハハ……」

と。

これがトウモンに言える精一杯！　部長の座はやっぱり誰にも譲れない！

定年までこの地位にしがみつくことができた暁には、その時は本当にゼンを次の部長にしてやろう。ああ、県令府へ推薦文を書き、美辞麗句の限りを尽くして褒めてやるともさ。

それがこのトウモンの誠意！　感謝の気持ちであるっっっ！

「ははは！　やだな、部長。順番からいって、次の部長はマックスさんたちですよ」

「そ、そうかね。ゼン君は謙虚だねえ……ハハハ……」

「いや謙虚とかじゃなくて、それが筋ですって、はははは！」

トウモンの言葉をあくまでジョークと受け止めたのか、ゼンは快活に笑いながら他の者たちへ紅茶を配った。

（……まあ、本人に野心がなくとも、県令府がどう判断するかはわからんからな）

今度こそ気をつけていこう。ゼンに手柄を立てさせないように。仕事をさせないように。

トウモンはカップに口をつけながら、そう心に決める。

一方、県令府は魔物退治に貢献した（らしい）ゼンに対し、金一封以外の褒美も授けようと希望を訊《たず》ねた。

対してゼンが求めたものは、あくまでささやか、且つ奇妙な要望だった。

すなわち毎年十二月二十日に、必ず休みをくれという。

県令府に否やはなく、トウモンにそうせよとお達しがあった。

既に部下たちにも告知済み、全員納得済みである。繁忙期ならともかく、今日このように気の抜けた仕事でも許される時期の話だ。別に一人抜けてくれても構わない。

そして、明日がその十二月二十日。

「ゼンさん、なんか用事あるの？」

部下の中ではゼンに次ぐ年長で妻子持ちのマックスが、気軽にプライベートに踏み込む。踏み込んでも許される人柄というか、人懐こさがこの青年にはある。

ゼンが自分の仕事を早や終えて、退勤許可をトウモンが出したところを見計らっての質問だ。

「ちょっと特別な日でね。できれば娘と一日、すごしたかったんだ」

ゼンも気にすることなく答え、帰宅していった。

「特別な日って、娘さんの誕生日とかかな？」

「子煩悩だねえ」

と残った部下たちが噂《うわさ》し合う。

またアンナが頬に手を当てて嘆息し、

「仕事ができて、魔物騒ぎの時みたいに意外と男らしいところもあって、でも全然偉ぶらなくて、家族想いとか……これで顔がもう三割ほど凛々《りり》しかったら、結婚相手としてほぼ完璧な物件よねえ」

「なんだよ、ゼンさんのこと狙ってんのか？」

「正直、アタシもチラッと思ったのよ。でも調べてみたら、娘さんがもうおっきいの。アタシとたった六歳違い」

「それは絶対、衝突するパターンだと思う……」

「ナムナムもそう思う？　だからアタシも諦めたわけ。ハァ惜しい物件だわ～」

「ははっ。おまえが惜しくても、ゼンさんがおまえを選ぶとは限らないだろうに」

「ハァ？　アタシが本気出せばどんな男もイチコロですけどぉ？」

とワイワイ騒がしい部下たちを、トウモンは生温かい目で見守る。

(部下が全員こいつらみたいにぼんやりしてたら、ワシもやきもきしないで済むのになあ)

と内心、嘆息しながら。

†

翌十二月二十日。

ゼンはエリシャとキールを伴って、朝から出かけた。

トッド村近辺では一番大きな池まで行って、釣りに興じた。

雲一つない快晴、釣りにはうってつけの小春日和である。

なお池には先客がいた。

真っ白な眉と髭《ひげ》を長く垂らしたご老人で、どこか浮世離れした佇《たたず》まい。

釣り糸をのんびり垂らす様もえらく絵になっているというか、風格が半端ない。

ゼンは幼い時に読んだ、東方伝来の絵巻物に登場する「仙人」を彷彿《ほうふつ》した。

だから内心、釣り仙人と呼ぶことにした。

しかもこのご老体、世捨て人めいた風体とは反し、気さくな人物だった。

ゼンが邪魔をしないよう(魚の取り合いにならないよう)離れた場所で釣りの準備をしていると、

「こっちの方がよく釣れるから、おいでなさい」

とわざわざ声をかけに来てくれたのだ。

ゼンは釣り仙人のお言葉に甘え、並んで釣り糸を垂らすことにした。

「ははあ、なるほど。初めてお見かけする顔だと思えば、帝都から引っ越されたばかりでしたか」

「はい、ゼン・リードンと申します。おじいさんはこの辺りの釣りに関して、ご存じないことはないって感じですね」

「そうですなあ。ここらで釣りを始めて、かれこれ二十年になりますか。確かにいろいろと存じておりますとも」

「僕は釣り自体初心者で、何かと手ほどきしていただけるとうれしいです」

「はははは、こんなジジイの話でよければ、いくらでもいたしましょう」

——と、談笑に興じながらする釣りも乙なものだった。

ゼンの釣り糸はぴくりとも揺れないけど！

「僕のご近所さんも釣り好きで、この池では特に大物が釣れやすいって聞いてきたんです」

「ええ、そうですな。鰱魚《れんぎょ》や草魚《そうぎょ》の、時に二メートル超えのものも釣れますよ。特注の釣竿《つりざお》が必要になりますが」

「ありゃー……すると僕の竿《さお》じゃあ大物は無理ですかね？」

「いえいえ、その竿でも一メートル超えくらいのものなら釣れるでしょう」

——と、釣り仙人の造詣に感心させられること頻《しき》りだった。

教わってもゼンは全く釣果に繋《つな》げられないけど！

「お隣さんも多分、だから特別な竿を持っていけとは言わなかったのかなあ」

「かもしれませぬな。しかし、そのご近所の方も釣りには一家言おありのようだ」

「そうなんですよ。僕の師匠でクルザワさんていうんです」

「おお、トッド村のクルザワ氏でしたら私もよく存じ上げておりますよ」

——と、世間の意外な狭さに驚きつつも、釣り仲間の輪が広がっていく感覚に心地よさを覚えた。

釣り仙人が十匹釣る間に、ゼンはマジ一匹も釣れないけど！


一方、エリシャとキールである。

ゼンたちからは少し離れた原っぱで、まったり日向ぼっこしていた。

今日の目的は大物を釣り上げることで、エリシャにはその腕力がないため、邪魔せず「父」の背中を見守ることにしていたのだ。

そうして、

「『お父様』は本当に、誰とでもすぐ仲良くなりますねえ」

エリシャは鼻が高いような、だけど少し呆《あき》れるような、曰《いわ》く言い難い気分で言う。

『あれこそ天性の人柄というものだろうね。ゼンは昔から、誰からも好かれた』

キールが理性的な口調で答え、人間のような仕種《しぐさ》で相槌《あいづち》を打つ。

その頭の中に直接響くような不思議な声に、エリシャはもう驚かない。

巨狼《きょろう》と両手を繋ぐようにして戯れたり、大きな肉球のぷにぷにした感触を堪能しつつ、

「昔の『お父様』の話、ぜひもっと聞かせてください」

と盛んに話しかける。

対してキールは、これまた人間臭い苦笑顔。

『うっかり誰かに聞かれかねないから、あまりしゃべりたくはないと言っておいただろう？』

日ごろ滅多に人間の言葉は使わないのは、それが理由だと聞かされていた。

この不思議な声は、周囲にいる者へ無差別に聞こえてしまうのだと。

人間でいうところの小声になるように、届く距離を絞ることはできる。

でも内緒話のように対象を絞ることは、できなくはないが難しく、とても疲れるのだと。

そして、ただでさえ大きくて目立つキールが、しかも人間の言葉をしゃべっているところを目撃されたら、大騒ぎでは済まない。実際、エリシャだって絶叫したし。

「でもキールくんとおしゃべりできるとわかったら、したくなるのが人情でしょう？」

『きっとそう言うと思ったから、ずっと君の前では人の言葉を使わないようにしていたんだ』

キールはますます苦い顔になって笑った。

そして、優しく賢い狼《おおかみ》は『では一つだけ』と断ってから、昔のゼンのエピソードを聞かせてくれる。

『私たちが出会った当時、ゼンは帝都の衛視を率いる佰長《はくちょう》だった。しかし、部下たちからは煙たがられていてね』

「まあ！　あの『お父様』に隔意を抱く人たちがいただなんて、ちょっと信じられないです」

『それだけ叩《たた》き上げの衛視たちからすれば、キャリア途中の腰掛けでやってくるだけの新米官僚の上司なんて、目障りで仕方なかったんだろう。ゼンもゼンで手抜きが下手な性分だから、現場が望む置物の佰長なんて立場に、大人しく収まることもできなかった』

「ふふっ。それは目に浮かびますね」

『だけどね、ゼンが次の部署へ転属が決まった時、サプライズが起きたんだ。部下たちが今まで蔑《ないがし》ろにしてきた詫《わ》びを告げに、一人また一人と訪れたんだよ。こっそりとね。実はゼンのことを最後まで認めなかったのは、年寄りの什長《じゅうちょう》たちだけだった。たとえ独りでも未解決事件を追うゼンの姿に、ほとんどの者は心打たれていたんだ。ただ恐《こわ》い什長の手前、誰も表に出せなかっただけでね」

「だからってその人たちが、『お父様』を遠ざけ続けたことに違いないわけでしょう？　最後にいい格好しようって、ムシのいい話だと思います」

『そうだね。ゼンは全く気にしていなかったが、私も彼らを許したわけではない。ただお人好《ひとよ》しもゼンくらい極めれば、その誠意や熱意は確かに周囲に伝わるんだよ。私が言いたいのはそこだ』

「確かに『お父様』が昔からどれだけステキな人だったか、伝わるエピソードですね」

自分の記憶でもないのに反芻《はんすう》するように、うっとりとなるエリシャ。

それを見てキールはまた苦笑いを浮かべたが、一拍置いて表情を引き締めると、続けた。

『逆に言えばゼンほどのお人好しでも——その頭の固い年寄り什長たちのように——悪意や敵意を向けてくる者たちはいるということだ。たとえ少数でも、この広い世界には、確実にね。そして、それらの害意からゼンを守ることが、私がここにいる理由なんだ。友として。かつてゼンに救われた者として』

普段居眠りしてばかりの巨狼が、エリシャの前で初めて振るう熱弁だった。

これこそキールが、ゼンの過去話を通して一番伝えたかったことだと、エリシャは正しく理解した。

「ステキなお話、ありがとうございます」

エリシャはキールを抱きしめるように、モフモフの毛に顔を埋《うず》めた。

約束通り『一つだけ』話をしたキールはもう返事もしてくれず、しゃべることのできないただ大きな狼のふりを始めてしまった。

でも優しく賢い彼は、エリシャがじゃれついても嫌な顔はしないし、全身どこでも好きなだけモフらせてくれる。

だからゼンが釣りばかりに夢中になっていても、エリシャは退屈も拗《す》ねもしなかった。

†

結局、その日もゼンはボウズだった。

「どうやら僕は本格的に釣りのセンスがないみたいだ……」

(どうもゼン様は根っからの仕事人間なのでしょうね……)

と落ち込む「父親」を、エリシャはなんと慰めていいかわからなかった。

一方、眉の長いおじいさんは大漁で、一メートル二十センチの大物も釣り上げていた。

草魚という鯉《こい》の仲間のそれを、ゼンが譲ってもらうようにお願いした。

もちろん謝礼も支払うと言ったのだが、

「いえいえ、お金などけっこう。これはお近づきの印に差し上げましょう」

とおじいさんは快く譲ってくれた。

恐縮するゼンやエリシャたちに、

「今日は楽しかったです。またどこかの釣り場でお会いしたら、ご一緒しましょう」

とおじいさんは言って、笑いながら去っていった。

これぞまさしく好々爺《こうこうや》の貫禄《かんろく》。

加えて、いたく気に入られたゼンの人柄の為せる業だろう。

「どうにかこれでお供え物が手に入ったね」

「親切なおじいさんがいてくれて、助かりましたね」

そんな話をしながら、キールと一緒にトッド村へ戻る。

ゼンが担いで帰った草魚は、食用に捌《さば》くのではなく、あくまでお供え物に使う。

裏庭で焚火《たきび》を起こし、祈りを捧《ささ》げながら、完全に灰になるまで焼くのだ。

この大陸西部古来の言い伝えでは――人は死後、魂となって旅立ち、西の海の果てにある冥界へ向かうという。

それも百年、二百年かかるといわれる、気が遠くなるほどの長い旅路だ。

ゆえに遺族は命日になると、用意できる限りの大きな魚を、亡き家族のために供える。

魂となった魚が故人を乗せて、一日でも早く冥界へ送り届けてくれるようにと祈りを捧げる。

帝都の近辺では、カタラン建国以前からある風習だ。

そして本日、十二月二十日は命日である。

エリシャにとっては両親の。ゼンにとっては親友の。

すなわちハインリとアネスの。


昨日のうちにゼンが地面を浅く広く掘って作った簡易竈《かまど》に、焚き火用の薪を二人で運ぶ。

一つ並べていくごとに、しめやかな空気になっていく。

暖炉の火を移し、薪がしっかり燃え上がるまで静かに待つ。

空も茜色《あかねいろ》に染まっていき、エリシャもゼンも無言になっていた。

キールだけが火に焼《く》べられるのを待つ草魚を、未練げに見つめていた。『食べた方が美味しいのに』

『風習とはいえ人間はもったいないことをする』と言わんばかりだった。

エリシャはそんな巨狼の毛並みを撫《な》でてやりながら、

「わたしも昔は同じことを思ってました」

と若気の至りを白状する。

そう――あれはエリシャが物心ついた時分、四歳くらいのころの話。

帝都の金竜宮《ゴルドラガーン》には、代々の皇帝をはじめとした皇族たちを祀《まつ》る廟堂《びょうどう》がある。

初代皇帝ジュリアンの命日である七月八日になると、今上はそこで大々的に祭祀《さいし》を執り行うのが公務となっている。

そしてお供えとして「カタランの支配者が用意できる最大の魚」となれば、それはもう毎年大変なもので、この年は大シヲルト河を上ってきた三メートル級の鯨児が祭壇に飾られた。

ただでさえ希少で、しかも海にいる鯨児が、帝都の方まで彷徨《さまよ》い込むのは珍しい。だから皇族といえど滅多に食べられない珍味・美味である。

また当時のエリシャには「祖先を祀る」「冥福を祈る」という行為の意味がわからなかった。

だから、ただただその「おっきなおさかな」が美味しそうで堪《たま》らなかったし、当然後で皆で分け合うものだと思い込んでいた。

でも女官にあの魚は「ごせんぞさまのもの」だと言われ、誰の口にも入らないのだと知った時は、正直ショックだった。

祭礼用の真っ白な衣服に着替えた父ハインリが、鯨児の前で跪《ひざまず》き、静かに祈りを捧げている様を、エリシャは列席者に交じって遥か後方から、恨めしげに見つめいた。

すると隣の席に座る母アネスが、エリシャだけに聞こえる声で漏らした。

「ぶっちゃけ妾《わたし》も食べたいし、もったいないよなあ」

（さすが、ははうえはわかっておられます）

幼いエリシャはブンブンと首を縦に振った。

そんな娘の頭に、母は優しく手を置いて教えてくれた。

「でもな、エリシャ。ハインリは今、食い気どころじゃないんだ。自分のお父様とお祖父様のことる。


を思い出す、大切な時間をすごしているんだ」

「ちちうえのちちうえと、おじいさまですか……？」

幼いエリシャには、母の言葉はちょっと難しかった。

自分にはハインリと父上《ちちうえ》と母上《ははうえ》がいる。それにお菓子をくれる皇太后《おばあさま》とお小言ばかりの太皇太后《ひいおばあさま》もいる。

でも他の家族は会ったことがない。少なくとも後宮に住んでいない。

だから母の言葉がピンと来ない。

困惑していると、母は嚙《か》んで含めるように教えてくれる。

「エリシャはもしハインリが死んだらどうする？」

「じゃあもし皇太后《おばあさま》が亡くなったら？」

「いやですっ」

「かなしいですっ」

「そうだよな。悲しくて堪らないよな。でもハインリのお父様とお祖父《じい》様は、もう亡くなってこの世にいないんだ」

「………」

幼いエリシャにとっては今まで考えもしなかった、衝撃の事実だった。

そして想像力豊かな──既に将来の聡明《そうめい》さの片鱗《へんりん》を見せる少女は、それが父にとってどれほど悲しいことか、その胸中に想いを馳《は》せることができた。

「でもハインリはお仕事で忙しいだろう？　だから普段はお父様やお祖父様のことを偲《しの》ぶ——思い出している暇がないんだよ」

確かに皇帝である父がどれだけ多忙かは、あまり構ってもらえず寂しい想いをしているエリシャは、よくよく知っていた。

「かと言って仮に時間があったとしても、毎日毎日思い出すのはそれはそれで辛《つら》いだろう？　毎日毎日悲しくなってしまうだろう？」

これも確かにと、母の言葉にエリシャはうなずく。

「だからオトナはな、だんだんと死んだ人のことを思い出せなくなっていく。普段は胸に仕舞い込んで、何かの機会にまとめて思い出せばいいって、理屈ではそうでも実行するのが難しくなる」

それもまた寂しいことだと、エリシャは幼心にも思った。

「だからこそ思い出す強いきっかけが、機会が必要なんだよ。あのデッカい魚は、いくらハインリでも手に入れるのは大変だった。でも苦労した分だけ、死んだ家族のことをしっかり思い出そうって気持ちになれる。まあ人間は現金だから、なんにでも元を取りたくなる性分なんだ。別に用意するのは魚でもなんでもいいのさ」

でもじゃあ剣の素振り百回とかにしとけば、もったいなくないのに。昔の人も困ったものだ、もう少し考えて欲しかった。などと母は身も蓋もないことをこぼしつつ、

「そして、苦労して準備して思い出しましょうって決まりが、一年に一回でもあれば、死んだ家族のこともいつまでも忘れないものだ。オトナは面倒だから、それくらいしなければ、故人を偲ぶこ

ともろくにできないんだよ」

最後、少し難しかったかな？　と母は肩を竦《すく》めた。

エリシャは考えて考えて答えた。

「ちちうえはいま、ようやくその『こじんをしのんで』いらっしゃるのですね……？」

「ああ、そうだ。ハインリにとっては大切な、誰も邪魔してはいけない時間だ」

エリシャはその大切さだけでも理解し、父や祭壇の方を恨めしげに見つめるのはもうやめた。

幼心にも印象的な、記憶に残った出来事だった。


――とエリシャは在りし日を、今は亡き両親との思い出を偲びながら、キールの背中を撫で続けていた。

『せっかくの魚を食べないのはもったいない』という態度をとった彼のおかげで、普段は胸の奥に仕舞っている記憶を思い出すことができていた。

（なるほど機会は大事ですね）

今、悲しくも温かくなった自分の胸に手を当てて、エリシャは深く実感した。

そして一方、ゼンはキールに諭すように言った。

「あんなに大切だった人たちの記憶がな、だんだんと薄れていくんだよ。毎日思い出すのは辛いことだから、つい忙しさにかまけて、蓋をしている間にな。だから一年に一回でも、こういう機会を作って、しっかり故人を偲ぶことが大事なんだ。用意するのも、実は魚でもなんでもいいんだよ。準備にちょっとした苦労があればね」

『つまりは非日常を演出し、まず心構えから作っていくというわけか？』

と情緒のない表現をしたキールに、ゼンも苦笑いで情緒なく答える。

「そう、人間は現金な生き物だからね。苦労したらその分、元を取ろうって考えるわけ。故人を偲ぶ時間をしっかり作ろうって自然となるわけ」

と焚火の前で肩を竦めたゼンに、エリシャはびっくりさせられた。

「お母様も同じことを仰《おっしゃ》っていました……」

「そうなのかい？　まあ今の話、アネスにもしたことあったしなあ。学生寮時代に、ハインリが用意した大きな鯉を、アネスがもったいないから食べさせろって言い出して、一悶着《ひともんちゃく》あったんだ」

「お母様ェ……」

「まあアネスもさ、既にご祖父君が亡くなっていたハインリと違って、大事な身内を亡くした経験がなかったから、なかなか気持ちがわからなかったんだろうね。でもアネスだって決して馬鹿じゃないから、僕が今の話をしたらちゃんと理解してくれたよ」

「ではお母様は『ゼン様《おとうさま》』の受け売りを、したり顔でわたしに語ったんですね……」

「ハハハ……。でも実は僕だって、ヨヒア兄の受け売りをアネスにしたり顔で語ったんだ。ヨヒア兄はお祖父ちゃんっ子だったらしいけど、その人は僕が生まれる前に亡くなっていて、当時の僕も大事な人を亡くしたことがなくて、実感がなかったからね」

とゼンはばつが悪そうに白状した。

『他人の馬で競争をしたがるのは、人間の悪癖だな』

とキールもずけっと言った。

その批評をゼンは甘んじて受けつつ、簡易竈の中に草魚を焼べる。

燃え上がり、やがて灰となって天に昇っていく様を、じっと見つめる。

ぽつりと言う。

「でもアネスのそんなちゃっかりしたところも含めて、大好きだったよ」

エリシャも隣で倣って、しみじみと言った。

「ええ、大好きでした」

†

その日の晩、一悶着が起きた。

「『お父様』とキールくんと一緒に寝たいです。この家に初めて来た日の夜みたいに」

などとエリシャが突然、言い出したのだ。

それは如何《いかが》なものだろうかと、当然ゼンは難色を示した。

引っ越してきた初日は、生活力弱者のゼンが暖炉の薪を絶やすというミスをしてしまったため、凍えて眠るのを回避するのに二人でキールに包《くる》まるようにしただけ。

そういうやむを得ない場合を除いて、皇女殿下と実質同衾《どうきん》状態なんて畏れ多いにもほどがある。

「可愛《かわい》い『娘』のたまのおねだりくらい聞いてください、うるうる」

「普通のお父さんでも十四歳の娘とは一緒に寝ないと思うよ？」

ヘッタクソな泣き真似《まね》をするエリシャに、ゼンは真顔でツッコんだ。

「おねだりを聞いてくださらないなら、夜中に『お父様』のベッドに勝手に侵入しますけど？」

「それは恐いなあ……」

泣き落としの次は明け透けな脅迫に打って出てきたエリシャに、ゼンはやむを得ず降参する。

そんな強硬手段をとられるくらいなら、まだしもキールが一緒にいた方が体面も保たれる。

「今夜だけだからね？」

「ありがとうございます、『お父様』」

そう言ってエリシャはウキウキと寝る準備を整えた。

居間の暖炉の薪の量を確認し、まずキールを寝そべらせ、それからゼンと二人で包まるようにした。

モフモフした毛並みに埋もれて横になるのは気持ちいい。

今夜のエリシャはなかなか寝付けないようで、盛んに話しかけてきた。

話題は専ら生前のハインリとアネスについてだった。

ゼンも応じて学生時代の二人の話をした。

エリシャのそれは以前にも話してくれたものが多かったし、ゼンも繰り返しになってしまった話題があるだろう。でも退屈はしなかったし、二人の命日なのだから構わないだろう。

エリシャと並んで天井を見上げながら——その向こうにいる親友たちの顔を思い出しながら、どれだけ昔話に興じただろうか。

話し疲れたエリシャがようやく寝息を立てたころには、月が窓から見えるほど傾いていた。

そんな娘の寝顔を見守りながら、ゼンは呟《つぶや》く。

「随分とはしゃいでいると思ったら……エリシャもまだまだ子供だったか……」

今夜だけ、とエリシャを優しく抱き寄せる。

ゼンの胸元が――少女の顔が埋まったその部分が、じんわりと湿っていく。

「利発で大人びた子だと思ってたんだけどな……。アネスたちのことを思い出して……気丈に堪《こら》えてたんだろうな……」

『まだ十四歳なんだ。当たり前だろう』

「僕もまだまだ人の親なんてできちゃいないな」

起きていたらしいキールにも言われて、ゼンは反省する。


自分はもう二十九歳の大人だ。

アネスとハインリの訃報を聞いた日の衝撃は決して忘れていないけれど、それでも「もう四年前のこと」だ。心の整理はついている。

普段は上手に胸の奥に仕舞っているし、今日のような日に二人のことを偲べど、もう瞼《まぶた》が濡《ぬ》れることもない。

でもエリシャは違ったのだ。

彼女にとってはきっと「まだ四年前のこと」なのだ。

当時十歳の少女が負った心の傷が癒えるには、まるで不十分だった――そのことにゼンは思い至ってやることができなかった。


抱き寄せた少女が寝言で呟く。

「……ちちうえ」

と。

それが自分のことではないことを、ゼンはもちろん理解している。

だけど一層、強くエリシャを抱き寄せる。

「もっと、ちゃんと、お父さんができるように頑張るから」

亡き親友たちの忘れ形見を、大事に。大切に。

「エリシャのことは、僕が守るから」

祈るように。誓いを立てるように。

今日この日に。

敵は夜の闇の奥にいた。

いくら広い屋敷のこととはいえ、あり得ないほど深い深いそこに潜み、姿は見せず、ただ彼と家人たちを嘲笑《あざわら》っていた。

「魔法で『異界』を創り出すとはな。よほど年経た魔物と見える」

と彼が冷静に評せば、

「だ、大丈夫なのでしょうか⁉」

「どうかどうかお助けくださいっ」

「シルツ様！」

と怯《おび》え切った家人たちが足元にうずくまり、まるで拝むようにする。

「案ずるな。そのために私は来たのだ」

シルツと僧名で呼ばれた彼だけはどこまでも沈毅《ちんき》に、対処に出る。

「瞞佯奸飾《まんようかんしょく》、その一切を暴かん――」

眉間で魔力を練り上げ、呪文を唱える。

効果は敵面、たちまちのうちに魔物が創り出した異空間を破壊した。

屋敷が元の姿を取り戻し、仄暗《ほのぐら》い月明りに照らされた厨房《ちゅうぼう》が、彼と家人の視界に映った。

そしていくら真夜中のこととはいえ、本来は隠れようもない鼠《ねずみ》の魔物の魁偉《かいい》な姿も。

体長三メートルはあろうそいつが、塩漬けの肉が保管された大きな壺《つぼ》を抱え、中を貪《むさぼ》っていた。

見事な錆《さび》銀色と化した毛並みが、わずかな月明りを白々と照り返す。

「やはりエルダーではなくエンシェントか」

猫や狐《きつね》同様、鼠も年経ることで魔力を宿し、エルダーラットと呼ばれる魔獣に化ける。

しかしこいつはさらに長生きし、極めて危険な存在となったエンシェントラットであった。

推定三百歳は下るまい。シルツほどの造詣があれば、毛並みを見ただけで一目瞭然である。

正体を暴かれた鼠の魔物は怒り狂い、壺を投げ捨て襲い掛かってくる。

闇夜の中で真っ赤な瞳が凶暴に光って尾を引き、刃物もかくやの大きさを持つ齧歯《げっし》を剝《む》く。

三メートル超えの巨体とは思えない俊敏性は、魔力で身体能力を補っている証左である。

その迫力に家人たちが悲鳴を上げて逃げ散る。

一人、シルツだけはその場から一歩も動くことなく――

「撃滅せよ、三昧《ざんまい》の真火《しんか》――」

と、あくまで沈毅に呪文を唱えた。

たちまち魔物の巨体が猛火に包まれる。

しかも自然界には存在し得ない、純粋なまでに真紅の色をした、対象以外には全く燃え移りもしない神秘の炎だ。

エンシェントラットはたちまち絶叫し、その場で苦しみ悶《もだ》える。

同時に本能によって魔力を振り絞り、同じく魔力で創り出されたシルツの炎を打ち消そうとするが、それも叶《かな》わない。

あたかも油を追加するように、ますます激しく燃え盛るばかり。

「いくら年経て強大な魔力を宿そうが、所詮は畜生の浅ましさよな」

ずっと沈毅な面持ちをしていたシルツが、初めて感情を表に出した。

先ほどの魔物の嘲笑へお返しをするように、口角を歪《ゆが》めた。


その自信に満ちた態度は伊達《だて》ではなかった。

シルツは三十七年の人生で、己よりも遥《はる》かに魔力で勝る幻獣魔獣を、数え切れず退治してきた。

このエンシェントラットだとてそうだ。推定年齢相応に、魔力の高さだけならシルツの数倍はあるだろう。

しかし、シルツには敵《かな》わない。

なぜなら彼は正真の「魔術師」だからだ。

魔獣どものようにただ魔力《ちから》任せに超常現象を引き起こすのではなく、術理を以《もっ》て魔力を使いこなし、神秘の奇跡を操る。

それが「魔術」。

古来、人が編み出し、カタランでも皇帝直下の魔術師団――〝金剛寺《こんごうじ》〟の術僧《ミスティックモンク》たちが連綿と受け継いできた業だ。

確かに人間は生来、魔力を有していない。しかし、なんらかの手段で獲得できれば、所詮は畜生の延長にすぎない幻獣魔獣どもより、遥かに巧みに活用できるのである。

非力なはずの人間が、剣術を以て虎や熊を討つことが可能なのと同様に、「魔術」を極めることで人が魔物を調伏するのは不可能ではない。


今、シルツが用いた炎の魔術も、ただ対象を燃焼するだけではなく、対象の魔力をも燃料に換えて、ますます火勢を増すという悪辣な代物だ。

魔術の心得がなければ、消火することはできない。

エンシェントラットも諦めたのか、もう体を焼かれるに任せ、凄《すさ》まじい執念で立ち上がると、悍《おぞ》ましい食欲でシルツへと齧歯を剝いた。

炎を纏《まと》ったが如《ごと》き壮絶な姿で、再び襲い掛かってきた。

「活きの良い奴だ。だが魔物たるもの、そうでなくてはな」

シルツは慌てず、やはりその場を動きもせず、静かに眉間で魔力を練り上げる。

この鼠の魔物を使って、次はどんな魔術を試してやろうかと算段を巡らせる――


首尾よく魔物を屠《ほふ》ったシルツは、悠然と屋敷を後にした。

結局、それまで一歩も動くことなく退治してしまった。

エンシェントラットといえどこの程度かと思うと、いささか物足りない。

一方、

「ありがとうございます、シルツ様！」

「おかげで当家は助かりましたっ」

逃げ隠れていた家人たちが慌てて追い縋《すが》り、口々に礼を言ってくる。

この片田舎では一番裕福な商家だが、屋敷にエンシェントラットが棲《す》みつき、乗っ取られて、困り果てていたのだ。

しかも小さな町だけに誰も事態を解決できず、役所に訴え出ても「現在、太守殿と検討中につき、しばし待たれよ」の一辺倒。

そこへシルツがたまたま旅の途中に通りがかり、退治を買って出たというわけだった。

家人たちからすれば、よほどうれしかったのだろう、

「シルツ様にはなんとお礼をしていいやら……っ」

「どうか今夜は、泊まっていってくださいませ。屋敷の中もすぐに綺麗《きれい》にさせまする」

「いえ今夜といわず、いくらでも逗留《とうりゅう》なさっていってくださいませっ」

「酒も料理もお好きなものをご用意いたします！」

と熱烈な歓迎ぶりだった。

しかしシルツは淡白にかぶりを振る。

「私は別に礼をして欲しくて、魔物退治をしたわけではない」

心からの本音だ。

おおっ、と家人がまるで聖者でも見るような目を向けてくるが、そういうのとも違う。

「私は今上陛下にお仕えする、直属の魔術師団の者だ」

大っぴらにすべきものではないが、自分の正体も〝金剛寺〟の存在も決して秘密というわけではないので、この場は明かす。

「我ら一同、畏《かしこ》くも今上陛下より、『もし世を騒がす魔物がいれば、これをただちに討滅せよ』との勅を賜っている。私はその詔《みことのり》に従ったまでで、格別の礼をもらうわけにはいかない。おまえたちも感謝をするなら、いと慈悲深く民想いの今上――ジェーマ二世陛下に捧《ささ》げるがよい」

「は、ははーッ」

「仰せの通りにいたしまするーッ」

シルツの話を聞くや、家人たちが一斉に平伏した。

「なんか偉い魔法使いサマ」だと思っていたのだろうが、まさかの帝室関係者だとわかり、目を白黒させていた。

作法など知らないなりに、とりあえず頭を低くしておこうという態度だった。

だがシルツとしては、こんな田舎にも今上の威光が行き届いていることに、深い満足を覚える。

「では達者でな」

家人たちに一言残すと、今度こそその場を去った。

町を出て、近郊の森で野営をする。

路銀はたっぷりあるが、敢《あ》えての修業を己に課しているのだ。

魔術で獣除け、虫除けの結界を張り、中の気温を保ち、ただの叢《くさむら》を芝生に変えて極上の寝床とする。

冬の最中に天幕もなく夜露を凌《しの》ぎ、ごろりと寝そべる。

「ククッ。今上陛下の詔か……」

商家に告げた自分の方便を思い出し、おかしくなる。

確かに以前は〝金剛寺〟全体に、魔物を見つけ次第（よほど優先すべき任務中でなければ）討滅し、民の安寧を図れと勅が出ていた。

ただし今上のジェーマ二世ではなく、先代皇帝ハインリの詔だ。

出来物だった兄帝と違い、弟帝の方に民を安んじるような殊勝な精神はない。

だが魔物を討ってはいけないという詔勅《しょうちょく》が、ジェーマ二世の口から新たに出たわけではないため、シルツは先のハインリの下命を続行して構わないと解釈している。

彼にとり魔物退治は、腕試しにうってつけなのである。

そう、シルツは求道家だった。

〝金竜神公《きんりゅうしんこう》〟より賜ったこの魔力は、魔術の道を極めるためにあると考えていた。

俗物根性など皆無。金も食も色も興味はない。

ただし〝金剛寺〟内での地位――「階梯《かいてい》」と呼ばれる位階を上げていくことで、〝金竜神公〟の魔力をより多く授けられ、またより高度な術理を学ぶ権限も得られるため、今上に従い功を立てるのには熱心だった。

また今上の権勢あっての魔術師団であり、魔術師団あってこその求道であることも決して忘れない。

現在、シルツが金竜宮《ゴルドラガーン》を離れ、遥か南のテム州まで来ているのも、今上の密命を帯びてのことだ。


帝《てい》、曰《いは》く——皇女エリシャを暗殺せよ。


シルツ一人ではなく、〝金剛寺〟内でも汚れ仕事に長《た》けた術僧たち全員が、行方不明となった皇女を探し回っているところだった。

後宮内で魔術による暗殺を行えば、その手口や痕跡を誤魔化すのは難しい。今上の差し金だとたちどころに露見し、言い逃れもできない。

だが外のことなら、いくらでも隠蔽は可能。皇女が逃げ出したのをこれ幸いとする、今上の判断である。

ただし、その捜索自体が非常に難しい。

まだ十四の皇女が独力で姿を晦《くら》まし、逃げ隠れ続けているなどあり得ない。

必ず誰かが手引きしている。

ところがその誰かが特定できない。今上（及び皇后と外戚たる宰相）はあまりに政敵が多すぎるのだ。

権勢絶倫なる財部尚書か、帝室全体への忠義厚い警察庁長官か、はたまた皇太后の実家に当たるムラティブ州の豪族たちか――皇女を秘密裏に後宮の外へ連れ去り、匿《かくま》うことのできる有力者が、心当たりだけで百名を下らないという始末なのだ。

しかもカタランの版図はあまりに広大で、その中から皇女を探し出すのは、森でたった一枚の木の葉を見つけ出すようなもの。

今上も承知の上で、何年かかろうとも成し遂げよとのお達しだった。

気が遠くなるような話だが――シルッには一つ心算があった。

帝国の南へ南へと旅しているのも、決して闇雲のことではない。

皇女が行方不明となったのと前後して、〝リードン四兄弟〟の出涸《でが》らしといわれる末弟が、辺境のシーリン州へ左遷となった。

所詮は底辺官僚の人事だ、どうなろうとも世間は大して注目はしていない。

だがシルッだけはそこに着目した。

理由はある。

あれは七年前、まだ存命だった皇帝ハインリの御代のこと。

シルッは隠密に長けた術僧として見込まれ、内々に勅命を賜った。

当時、外務庁バローヌ大使局の長だった男が、帝国の機密を他国に漏洩《ろうえい》している疑惑があるため、内偵せよとの仰せだった。

外務庁というのは、時の皇帝でも無遠慮には扱うことのできない、アンタッチャブルな部署である。

いくらカタランが貴族制度を廃止した先進的な国家でも、他の国のほとんどでは貴族たちが旧態依然と蔓延《はびこ》り、実権を握っている。

そして貴族という鼻持ちならない連中は貴族同士のつき合いを重視し、何十、何百年前からの古い誼《よしみ》を誇りにする生き物だ。

結果として帝国の外務庁には、カタラン建国以前は貴族だった家柄の者たちが多く在籍しており、彼らは簡単には替えが利かない人材として不遜に振る舞っている。

どんなに弁舌優れたる能吏でも、(元) 貴族でない者が他国に出向いたところで、その中枢にいる貴族たちが腹を割ってはくれないのである。まして高度な外交や親善など夢のまた夢。

逆に言えば、(元) 貴族の連中は多少凡庸でも、他国の宮廷において顔が利く。古い古い親交が今でも生きている。

それもまた「能力の一つ」と言ってしまえば聞こえはいいが、この徹底した実力主義のカタランで、外務庁だけは実質的な世襲が横行している事情がそこにあった。

そんな蜂の巣を下手につつけば、皇帝ハインリといえど大怪我をしてしまう。

さらに機密の漏洩というのもデリケートな問題というか、大使たるもの現場の判断で、多少の「内緒話」のやりとりは職権の範囲だと認められている。こちらが小さな手札を相手に見せて、それで大きな信頼や後の国益が得られるなら、当然そうすべきなのは言うまでもない。

件《くだん》の大使局長は狡猾《こうかつ》な男で、その見極めが上手かった。

帝国の致命的な問題にはギリギリ発展しないライン、ギリギリ世間話だった外交カードだったと言い逃れができるラインを見極め、十数年に亘《わた》って漏洩を繰り返していたのである。

また流す機密が大それたものではないからこそ　露見まで十数年かかったともいえる。

もっといえば、よくぞ漏洩に気づくことができたというレベルの話なのだ、これは。

ではその発端となる疑惑を抱いたのは、いったい誰か？

決してハインリの慧眼《けいがん》によるものではなかった。

それが当時、バローヌ大使局の事務室で雑用係扱いされていた、ゼン・リードンだったのだ。

世間では〝四兄弟〟の出涸らしと軽侮されているはずの青年が、バローヌ王国へ行き来する件の大使局長の報告書に、合わない辻褄《つじつま》を複数発見した。

それで大使局長が、機密漏洩の報酬をバローヌから受け取っている疑惑が浮上した。

国益のための外交カードならば許されるが、己の蓄財のための横流しならば、これは売国利敵に他ならない。極刑に値する。

しかし疑惑は疑惑であり、証拠が出てこなければ断罪はできない。

そして疑惑でさえ簡単にはかけられないのが、外務庁というアンタッチャブル。

ゼンもまた表沙汰にはできず、皇帝の友人という立場からハインリに耳打ちしたにすぎない。

皇帝ハインリも警察庁ではなく、直属の魔術師団を頼らざるを得なかったという経緯だった。

そんな重大な密命を受け、シルッもひどく張り切った。

何しろハインリは歴代でも特に清廉潔白な皇帝であり、日ごろ〝金剛寺〟の力には極力頼ろうとはしてくれない。

シルッにとっては数少ない手柄を立てる機会だったのである。

無論、調査には魔術を使ってなお慎重に慎重を期した。

何しろ〝四兄弟〟の出涸らしが噂《うわさ》通りの凡庸さで、火のないところに煙が立った立ったと、空騒ぎをしていただけという可能性は大いにある。

その上でシルッの内偵がバレてしまったら、痛くない腹を探られた大使局長が激怒し、皇帝ハインリといえど非常に苦しい立場となるだろう。引いてはシルッの責任問題にも発展し、大僧正（魔術師団長）から自死を命じられるだろう。

そんな末路を避けるために苦心したのだが——結論をいえば、証拠は出てきた。件の大使局長が愛人宅に蓄えていた、出所の説明できない宝石類や財宝を突き止めることができた。中にはバローヌの国宝である絵画もあった。

かくして一人の国賊が処断された。

シルッは内々に皇帝ハインリからお褒めの言葉を頂戴し、〝金剛寺〟においても第三から第五階梯へと一つ飛ばしで位階を昇ることができた。

同時にゼン・リードンというその男が、決して出涸らしでも凡庸でもないことを、知る機会があったという話である。

（そのゼン・リードンが左遷だと？　あり得ない）

今——シルッは草を枕に星空を見上げながら、確信する。

ゼンが本省各所をたらい回しにされていることも、全く出世できていないことも知っていた。

しかし何か特別な事情があるのだろうと、シルツは考えていた。例えばどこかの尚書クラスの不興を買ってしまっているだとかだ。

だとしても人事を司る式部尚書はゼンの実兄なのだから——贔屓《ひいき》は公正を期すためにできないとして——不当な左遷から庇《かば》うことくらいはできるはずだ。

（ゆえに今回の左遷には何か裏がある）

その裏とは何か？　式部尚書ヨヒアが件の皇女を逃がし、辺境に匿うための策謀ではないか？

シルツの中では一本の線が繫《つな》がっていた。

ゼンの実像を知るシルツだけが、そこに着目することができた。

ゆえに南を——ゼンの左遷先であるトッド村を目指していた。


そう、ゆえに——

魔術師にして恐るべき暗殺者が、トッド村へと迫っていた。

†

「まあ、こんなことだろうと思ったよ」

お隣のドンナおばさんに、呆《あき》れ声で言われた。

ゼンとエリシャはうなだれたまま、一言も返せなかった。

実質玄関でもある居間には、二人の悪戦苦闘の跡――藁《わら》や乾燥させたジャガイモの花が散乱していた。

「だからアタシャ前から準備しておけって言ったよね？」

叱るでも小言でもなく、例えば「子供相手に言っても仕方ない」みたいなニュアンスに近い呆れの言葉を連発され、ゼンとエリシャは羞恥でぷるぷる震える。

キールだけが完全に他人事で、暖炉の前であくびをかましている。


トッド村ももうすぐ新年を迎え、お祭りの準備でどこのご家庭も慌ただしくなっていた。

特にナザルフ県独自の風習で、新年から五日の間は家に花冠《リース》を飾り付けて、幸運の妖精を招き寄せるのがマストとされる。やらないと代わりに貧乏の妖精が来るので**その家は村八分だ。**

なので各ご家庭では新年に向けて、藁を束ねて巻いた土台に、乾燥させた花《ドライフラワー》を盛り付けるのを手作業で準備する。

花冠《リース》は最低でも十個は飾るのが望ましいとされている。

日々の家事にさえまだ慣れないゼンとエリシャからすれば、結構余分な労力だ。

しかも帝都生まれの二人は、花冠《リース》を作るのはこれが初めて。

ついつい面倒で「明日作ればいいさ」「明日こそは作ろう」「そろそろ本気を出さないと新年に間に合わないな」「まあでも本気になれば一気にできるだろ」などと言いつつ、今日までズルズル後回しにしてきたのである。

その本日が、十二月末日。

あと十数時間で新年を迎えてしまう土壇場であった。

完成した花冠《リース》はまだ二個という有様であった。


「エリシャちゃんも最近はちったあまともになって、アタシが毎日家事指導に来てたのが週一になって、不器用なりに頑張ってるねえって六歳の姪《ココ》と話してたのにね。すっかり油断したよ」

「……返す言葉もございません」

場所が場所なら大国の皇女殿下として傅《かしず》かれる身分のエリシャが、ドンナおばさんの前では逍遥《しょうよう》となって顔も上げられない。

「アンナが言うには、ゼンさんは役場の仕事を何日分も前倒しで片づけて、それでも昼前には帰っちまうんだろ？　そんな難しいことができて、どうして花冠《リース》の一つもまともに作れないのかって、アタシャ不思議でならないよ」

「……僕からすると仕事の方が遥かに簡単なんです」

仮にも名門官僚一族の御曹司で、自身も二か月前まで中央の第一線で働いていたゼンが、ドンナおばさんの前では肩を縮めて小さくなる。

でも――

「仕方ないねえ。アタシも手伝ってあげるから、日が沈む前に終わらせるよ」

嘆息混じりにそう言ってくれるドンナおばさんを、ゼンとエリシャはまるで救いの神かのように感激して見上げた。

禁軍八万よりも頼もしい援軍を得て、二人はさっきまでの消沈ぶりが嘘《うそ》のように笑顔で作業を再開する。

黙々とやるのも心が死ぬので談笑混じり。

「明日は広場でダンスパーティーがあるんですよね？」

とエリシャがワクワクした様子でドンナに訊《たず》ねる。

(多分、エリシャが思ってるのとは違うやつだよ)

ゼンは内心苦笑いで聞く。

皇女殿下がダンスパーティーと聞いて想像するのは、宮廷で開催される格式ばった舞踏会や社交ダンスの類《たぐい》だろう。

しかしこんな村で催されるのは当然、もっと猥雑《わいざつ》なお祭りだ。

男女でペアになるのは同じでも、踊りに定まった形式はないし、跳んだり跳ねたりが当たり前だし、中にはべったりくっついて「それもうベッドでするべきやつだよね？」「ただの公然イチャイチャだよね？」って連中も少なくないらしい。

ゼンが役場で事前に聞いたところ、同僚たちが言っていた。

「エリシャちゃんは気立てがいいし美人だからねえ。若い男どもが放っておかないと思うよ。これを機にお近づきになろうって連中が、ダンスの申し込みでワンサカ殺到するんじゃないかい？」

ドンナおばさんがさすが口より手を早く動かしながらも、そう答えた。

「ふふっ。それは困ってしまいますねえ」

「お父さんも困ってるよ。エリシャが変な男にからまれないか不安だよ」

楽しみにしている様子の娘に、ゼンは気が気でない。

娯楽の乏しい田舎村のことだから、お祭りと聞いて浮かれるのはわかる。

でも仮にも皇女殿下なのだから、男女のことは節度を持って欲しい節度を！

「別にいいじゃないか、ゼンさん。たかが踊りで、娘をそんな拘束するもんじゃないよ。都会育ちの人は過保護だねえ」

「都会育ちとかそんな問題じゃないんですよ……」

ドンナおばさんには事情を説明できないのがもどかしい！

「いいかいエリシャちゃん、男なんて数見てナンボだよ」

人の気も知らず、ドンナの講釈が続く。

「こういう機会を逃さず、いろんな男と接して目を肥やすんだ。ろくに知らずに結婚なんてした日には、ハズレを引いて絶対後悔するからね」

「なるほど、ドンナさんはそうやってクルザワさんを見つけたんですね」

「いやいや当時のアタシと来たら、おぼこすぎて失敗してね！　反面教師にしなさいってことだよ」

ドンナは冗談めかしたが、クルザワが良い旦那なのも二人が仲睦まじいのも、ゼンとエリシャはちゃんと知っている。

だからイイハナシダナーで終わりたいのはやまやまだが、そうもいかない。

「わかった、エリシャ。ドンナさんの仰《おっしゃ》ることにも一理ある。だから僕も、君が踊りの申し出を受けてもとやかく言わない。ただ初めてのお祭りで勝手がわからず、羽目を外しすぎてしまうということはあるからね。日が沈む前には帰ってくると、それだけ約束して欲しい」

と、さも理解のある父親ヅラをして言い含めようとする。

でもエリシャは利発な娘だから、すぐに言葉の裏を読んでくる。

「日が沈むと何かあるんですか?」

「その時一緒に踊っている相手と、その場でキスをするってのが習わしなんだよ」

とドンナまで、ゼンが内緒にしたかったことをあっさりバラす。

「それは拒むことはできないんですか?」

「聞いたこともないけど……まあお高く留まった野暮な女だって後ろ指差される」

「なんと、わたしの初めてがこんな形で奪われてしまうだなんて、思ってもみませんでした」

どうにも芝居がかった顔と口調で、びっくりしてみせるエリシャ。

(皇女殿下のファーストキスがド田舎村の蛮習で散るだなんて、帝都の誰も思ってないだろうさ!)

とゼンもハラハラする。

もしこのままエリシャが田舎の風習に染まっていったり、こっちで意中の相手を見つけてしまったら、自分はどう責任をとればいいのだろう。

五年かそこら経って、エリシャが晴れて後宮に舞い戻ることができて、でもお腹が大きくなって帰ってきました――なんてなったら、ゼンは絶対に姉シァラに殺される。

「とにかく日没前に帰ること！　いいね？」

「こんな独占欲まみれの親父の言うことなんて聞かなくていいからね、エリシャちゃん？」

（やめて唆さないでドンナさああああああん）

「ふふっ。『お父様』ったらそんなにわたしを独占したかったんですね」

（それにどう答えりゃいいのさエリシャあああ）

女性陣の危うい発言に、ゼンはたじたじにさせられる。

そして真面目な話――

エリシャに悪い虫がついて欲しくないというこの気持ちが、単に皇女殿下の立場を慮《おもんぱか》ってのことだけではない自覚が、ゼンにはあった。

仮にエリシャが皇女ではなかったとしても、やっぱり嫌だなあという気持ちが、偽らざる本音としてあった。

（これは僕が異常なのか？　本当の父親じゃないからそう思ってしまうのか？　世のお父さんは娘がどこの馬の骨とも知れない奴とちゅっちゅしても、平気でいられるのか？）

もしそうだとしたら、自分がいつか人の親になる自信がなくなってしまう。

ゼンは**来るとも決まっていない未来のことで**思い悩む。

だから、気づかなかった。

この時エリシャが、あたかも相手の呼吸を読んで必殺剣を放つ達人の如く、ギラリと瞳を輝かせたのを。

そして、素知らぬ口調を作って提案した。

「だったら『お父様』がわたしと踊ってくだされば、万事解決では？」

「いやいや親娘でダンスは如何《いかが》なものだろうか……。しかも人前だよ？」

「ではわたしは村一番の女誑《たら》しとダンスしてキスも済ませてきますね」

「わかったお父さんと一緒に踊ろう！」

虚を衝《つ》かれたこともあり、ゼンはほとんど脊髄反射で了承してしまった。

ましてエリシャが内心しめしめとほくそ笑んでいることなど、思いもしなかった。

「ふふっ。明日が楽しみですね、『お父様』」

「そうだね。めでたい年明けだし、お祭りだしね」

と微妙にズレた会話をしていることにも、ゼンの方は気づいていない。

父親と踊る約束をとりつけ、急にウキウキし始めたエリシャの様子に、ドンナが「変な親子だねえ」「都会はみんなこうなのかねえ」と生温かい目になり、暖炉の前でキールが『まったく犬も食わないな』『自分、狼《おおかみ》だけど』とばかりに大あくびをかましていた。

†

そして帝国暦は一一八年を迎え、トッド村で新年を祝うお祭りが始まった。

こういう時、よその町村ではお役所が主催することも多い。

しかし娯楽の少ないトッド村では、村人たちが率先して祭りを開催してくれるので、ゼンは完全オフだった。

村長が営む酒場で振る舞われているタダ酒は、県令府の補助金から出ているので、お上が関わるとすればその一点だけ。

昨日は花冠《リース》作りの追い込みで疲れたし、昼近くに起床するという自堕落をエリシャと二人でして、のんびりと出かける支度を済ます。

寝るのが趣味のキールだけはお祭りなんて興味なさげで、置いていくことに。

天候も上々。

二人で踊りの会場である広場へ向かう間、祭りの喧騒《けんそう》や音楽が早や聞こえてくる。

こんな小さな村でも楽器が趣味という者はいるもので、ここぞとばかりに演奏を披露しているのだろう。その一方で、素人でもそれなりに叩《たた》ける太鼓の音がやはり一番多いか。

「こんなににぎやかなのは初めてです、『お父様』！」

「でも帝都こそお祭りの多いところだし、規模でいうと比べ物にならないと思うよ？」

早やテン上げ状態になっているエリシャに、ゼンはがっかりするのではないかと心配する。

「そうはいっても、わたしは後宮に閉じ込められて参加できませんでしたし」

「でも宮殿じゃ晩餐会《ばんさんかい》とか園遊会とか舞踏会はしょっちゅう催されていたし、エリシャも参加できただろう？　アレに比べたらお粗末すぎてびっくりすると思うよ？」

「参加はできても、皇女《わたし》なんてお飾りじゃなくてはいけなくて、窮屈なばかりで楽しくなかったんですから！　だから普通で自由なお祭りに憧れてたんです。母上は一人で抜け出して、お忍びで楽しんでましたけど」

「わかった、わかった。積年の想いを晴らすためにも楽しもうか」

アネスへの恨み節は聞かなかったことにして、エリシャと一緒に広場へ急ぐ。

ところがダンス会場に着いてびっくり。

ゼンがした懸念とは全く別方向の問題を目の当たりにし、二人で固まった。

例えばとある若い娘さんを見れば――邪魔なスカートの裾を両手でつかみ、目のやり場に困るほどたくし上げて、煽情的《せんじょうてき》なステップを踏んでいた。

また別の男女を見れば――密着も密着状態、互いの股間を擦りつけるようにしながら、淫靡《いんび》に体をクネらせるようなダンスに没頭していた。

(役場で聞いて想像してたのより十倍はヤバいな……)

年頃の娘を持つお父さんとしては、蒼褪《あおざ》めるような光景だ。

どこかの本で、「帝国南部の人々は奔放である」という主語の大きい乱暴な意見を目にしたことがあるが、あながち間違ってはいなかったのかもしれない……。

「お、『お父様』っ。わたしたちもアレを踊らないとダメですか⁉」

と根は貞淑なエリシャがパニックになっていた。

本人たちが楽しんでいる分には全く批難するつもりはないが、帝都人にこのノリは辛《つら》い。

ただ、確かに踊っているのは村の若者たちが大半で、そんな彼らは羽目を外しまくっているが、一方でもっと真っ当にダンスを楽しんでいる姿だって散見できた。

例えばあちらの熟年夫婦を見れば——体遣い自体は大人しいし、それでも既に息が切れているが、普段からの鴛鴦《おしどり》ぶりを彷彿《ほうふつ》させ、見せつけるかのように、広場のど真ん中で堂々と踊っている。

また別の老人ペアを見れば——社交ダンスの嗜《たしな》みがあるのか、体を左右に揺らすだけの簡単なものではあるが、確かで優雅なステップを踏んでいる。

(なるほど自由だ)

宮殿で行われるような格式ばった舞踏会とは、まさに対極といおうか。

型もなく、人目も気にせず、めいめい勝手に振る舞っている。

でも広場にいる全員が、心から踊りとお祭りを楽しんでいる。

だったらゼンたちも踊らなければ損、楽しまなければ損だ。

「——お嬢様、一曲お相手願えますか?」

ゼンはエリシャと向かい合うと、軽く腰を折り、右手を差し出す。

「はい、喜んで」

エリシャがその手をしっとりと取って、二人で広場の中央へ進み出る。

そして、敢えての格式ばったワルツを踊る。

広場にいる誰よりも優美に、典雅に、まるでゼンとエリシャのいる場所だけが別世界に——お城の舞踏会場になってしまったかのように。

円舞曲とは全く拍子の違う祭囃子《まつりばやし》にさえ、二人は苦も無く合わせてステップを刻む。一歩が大きく、伸びやかに。周りで踊っている者たちを邪魔せず、また巧みによけながら。もちろん修練の賜物《たまもの》である。

皇女のエリシャは当然の嗜みとして、

「ふふっ。『お父様』がこんなにお上手だったなんて、意外でした。てっきりご興味がないものとばかり」

「外務庁の大使局にもいたからね。事務屋だったけど、出世すれば大使閣下にご同道して、よその宮廷で踊らなきゃいけなかったから。シァラ姉に蹴飛ばされながら必死で覚えたよ。結局出世どころか、半年で法務庁に異動になって無駄に終わったけどね！」

「無駄じゃないです。今、私がとっても喜んでます」

「ならシァラ姉に蹴られた甲斐《かい》もあったかな」

あの時の痛みを思い出し、ゼンは苦笑いになって言った。

その時の光景が目に浮かぶのか、エリシャも忍び笑いになってうなずいた。

(うん、本当に楽しそうだ)

ゼンを中心にくるりくるりと踊る少女の、屈託のない笑顔を見てそう思う。

(でもダンスの相手が本当に「父親」でよかったのかなあ。本当は同じ年頃の男の子と踊りたかったんじゃないかなあ)

もちろん、踊って欲しいと言い出したのはエリシャの方からではあったが、果たしてどうなのだ

ろうか。

(思えばエリシャは最初から、僕に懐いてくれたけれども……)

本当に血の繋がった父親でもないのに、ちょっと過剰なくらいだ。

今もそう。初めてのダンス相手にもかかわらず、エリシャはこちらを信頼しきったように体重を預け、望んで振り回されるように踊り、片時もゼンの顔から目を離さない。

こちらの目をじっと見つめる少女の眼差しからは、いっそ熱っぽさを感じるほどだ。

(だからって僕を「異性《おとこ》」として見てる……って考えるのは短絡だよな)

何しろ相手は皇女殿下で、こっちはしがない小役人。

しかも十五も年上のオッサンだ。

生活力弱者で、家では情けないところばかり見せて、憧れられるような要素がないはず。

(わからん……。土台、僕に年頃の娘さんの気持ちなんて、わかるわけがないじゃないか)

下手な考え休むに似たりと、内心でぼやくゼン。

ただし——一つだけはっきりしていることはある。

両親と死別したこの少女がまだ、心に傷を抱えていることを、アネスとハインリの命日に知った。

だからきっと、エリシャは愛情に飢えている。肉親からの。近しい者からの。

(だったら僕は「父親」として……「家族」として、エリシャの心を埋めてあげたい)

差し当たって今日は、全力でダンスのお相手を務めよう。

エリシャが参加する初めてのお祭りを、思いきり楽しんでもらおう。

（そうさ、それだって立派な「父親」の務めさ）

もう迷わない。

そして、ダンスのお相手を楽しませるためには、まず自分も楽しむことが肝要だ。

「少しステップを激しくしようと思いますが、ついてこられますか、お嬢様？」

「あら？　わたしのダンスはレヴェイラ夫人仕込みですよ？」

「かの礼部尚書閣下の奥方の！　それは僕の方がたじたじにされそうだ……」

「でも言い出したのは『お父様』ですからね？」

「ハハハ……お手柔らかに頼むよ……」

その懇願は軽やかに無視され、にわかにステップのテンポを上げたエリシャに、今度はゼンの方が振り回されるのであった。


どこまでも自由でにぎやかな、ダンス会場。

そんな中でゼンとエリシャのワルツは、やはり人目を惹《ひ》いた。

踊り疲れて広場の端で休んでいる者たちや、牧歌的なダンス曲を演奏している者たちが、物珍しげに見物していた。特に都会暮らしを夢見る若者や、王宮暮らしに夢を持つ娘たちが、羨望の眼差しを向けていた。

そんな中、ゼンとエリシャを異質な目で見つめる者がいた。

皇女暗殺の密命を受けた、魔術師シルツである。

(やはりここに匿われていたか。やはり貴殿の左遷はカモフラージュだったか、ゼン・リードン)

己の読みの正しさに、深い満足を覚えるシルツ。

おかげで同門たちを出し抜き、自分一人が手柄を独占できる。

なお彼ら術僧たちは、皇族全員の顔を把握している。

確かに彼らが仕えるのは――〝金竜神公〟を別枠として――この地上にただ一人、今上陛下のみである。

それこそ今上の勅命あらば、先代陛下ですら弑殺《しいさつ》するのが彼ら〝金剛寺〟の大原則。

一方で皇族であれば誰しもが、帝位継承権を有している。その順位がどんなに低かろうが、いつどんな大事変が起きるかもしれない、まかり間違えば明日にも今上となっているかもしれない。

ゆえに〝金剛寺〟にとって、「よく知らない皇族が戴冠し、我らの絶対的な主君になりました」では済まされないのだ。

ましてエリシャは現在、帝位継承権第一位。見間違えるわけがない。

(そのお命、頂戴する)

シルツは抜き身の刃を持って、広場の中央へと向かう。

にもかかわらず騒ぎにならない。誰もシルツの存在に気づかない。

当然だ。魔術を用い、己の姿を消し去っているのだから。

このまま皇女に近づき、心臓を一突きにすれば任務完了。

居場所の発見さえできれば、第五階梯の術僧シルツならばいとも容易《たやす》いことだった。

透明人間にいきなり刺されたなどと、これが後宮のことであれば絶対に魔術の仕業だと特定されてしまうが、こんな辺境で正しく理解できる者がいるとも思えない。

より完璧を期すなら村人を皆殺しにした後で、魔物の仕業に見せかけることだって可能だ。

(うん、それがいいな。そうすべきだ)

シルツにとっては求道と、引いては今上の勅命が全て。

痛む良心など持ち合わせていない。

短剣をぶら下げるように携え、標的へと無遠慮に近づいていく。

ちょうど一曲が終わり、笑顔で立ち止まったゼンの背中側から。

あと十歩。あと五歩。

シルツは短剣をしっかりと持ち直し、構える。

まさにその時だった。

背を向けたままのゼンが、こう言った。

「瞞佯奸飾《まんようかんしょく》、その一切を暴かん――」

瞬間、シルツは総毛立つ。

ゼンが口にした言葉は、一般の人間は絶対に知らないフレーズだったからだ。

だがベテランの術僧たる彼にとっては、何千回と唱えて血肉となった言葉だったからだ。

魔術の行使に必要な呪文だったからだ。

しかも決してハッタリではなく、効果は覿面《てきめん》。魔術で姿を消していたシルツが、その魔術をゼンの魔術で打ち消され、正体を暴かれた！

たちまちダンス会場が悲鳴で溢《あふ》れる。

刃物を構えた不審人物が突如として現れたのだ、当然の反応であろう。

村人たちが蜘蛛《くも》の子を散らすように逃げ出す中――ゼンだけが敢然と、シルツから皇女を庇うように振り返った。

「ば、馬鹿な……。なぜっ……」

「あんた、魔術の腕前は相当みたいだけど、殺気がダダ洩《も》れなんだよ。それじゃ姿を消していても意味がない」

うめくように言ったシルツに、ゼンが平然と答える。

達人の武術家もかくやのその察知能力も、たとえ祭りの最中でも油断していない常在戦場の精神も、どちらも驚嘆に値する。

だがシルツが真に目を剝いたのは、そんな常人でも可能な域の話ではない。

「なぜ貴殿が魔術を使える⁉」

「そりゃ僕も魔術師だからに決まっているだろ？」

「そんな馬鹿な話があって堪《たま》るか！」

ぬけぬけと言ったゼンの返答を、シルツはほとんど悲鳴になって否定した。

この帝国において魔術師《ウィザード》といえば、〃金竜神公〃に才を見出《みいだ》された、皇帝直下の術僧《ミスティックモンク》たちを除いて存在するはずがないのだ。

無論、リードン家は歴史ある名門だから、過去に〃金剛寺〃に所属した者もいるかもしれない。

本来は許されないことだが、秘密裏に術理を書き留め、あるいは口伝で末裔《まつえい》たちに遺したかもしれない。それでゼンが呪文を知っていたのかもしれない。

だが魔力はどこから持ってきたのだ！

魔術の源泉たる力が、人間には生来備わっていないのだ。〃金竜神公〃も〃金剛寺〃の者以外とは決して契約を結ばないし、もし術僧が組織を抜ければその時点で魔力の貸与は打ち切られる。

そこが全く説明がつかないではないか。

「人間に魔力を貸し与える権能は、別に〃金竜神公〃の専売特許じゃないさ」

ゼンは核心には触れず、はぐらかすように答えた。

だが代わりに説明してくれるものが、すぐに現れた。


巨体を持つ白狼《はくろう》だ。


剣をくわえて広場に馳《は》せ参じると、逞《たくま》しい首を振ってゼンへ投げ渡す。

『魔力を感じて急いでくれれば、魔物ではなく人間の魔術師とはな！』

頭の中に響くような不思議な声で、人の言葉を使って吐き捨てる。

「ああ。大方、今上陛下がエリシャの暗殺に放った術僧だろうね」

とゼンが正鵠《せいこく》を射てみせたのと、

「その白い巨狼――すわヴァナルガンドか！」

とシルツが得心いったのは、同時のことだった。

ヴァナルガンド。

〝五公〟と呼ばれる神獣の一種で、不死の肉体を持つと伝えられる白狼だ。

ただし〝金剛寺〟の蔵書によれば、本来は十メートルを超える巨軀《きょく》を持つはず。

目の前に現れた一柱は、大きいとはいえせいぜい三メートル程度。

(ならばヴァナルガンドの幼体か)

シルツはそう考え、脳裏で記憶が刺激されるのを覚えた。

あれは確か十年以上前のことだ。

帝都で奴隷の密売を行う犯罪組織が、衛視たちによって摘発された。その時、商品として囚《とら》われていた少年少女の他に、世にも珍しいヴァナルガンドの仔《こ》がいたという事件があった。

まだ幼体とはいえ神獣の一柱だ。事態を重く見た時の皇帝ハインリが手ずから保護し、故郷に返した――少なくともシルツはそう聞かされていた。

だが、実は帝都に残ったまま返されてなかったのではないか。それが今、目の前にいる一柱ではないのか。

何がどうなって、ゼンとともにいるのかはシルツにもわからない。

件の犯罪組織を摘発し、表彰された衛視の伯長らの中にもゼンの名前はない。まさか手柄を譲っていただなどと思いも寄らない。

ともあれゼンが魔力を持つ謎が解けた。

幼体とはいえ神獣と契約し、ヴァナルガンドが持つ魔力の一部を借り受けているのだ。

「エリシャを害そうとする奴は絶対に許さない。そして悪いが、居場所を知られた以上は逃がしてあげるわけにもいかない」

そのゼンが剣を構えると同時に、眉間で魔力を練り上げる。

シルツたち術僧がそうするのと同様に、普段は魂の裡《うち》に秘めたその片鱗《へんりん》を、静かな炎の如く全身から立ち昇らせる。

「人間相手に手出しは無用だからね、キール」

『無論、承知』

とヴァナルガンドの助勢も拒んで嘯《うそぶ》く、その迫力はなかなかに侮れぬ。

だがシルツは不敵に笑った。

「ほざけ。〝金剛寺〟で第五階梯を頂くこの俺と、術比べをするつもりか?」

魔術師同士での戦いなど、そう滅多にできるものではない。

求道家のシルツからすれば、まさに望むところ。魔物相手に腕を磨くのも物足りなく思っていたところだ。

「だ、大丈夫なんですか、『お父様』?」

「大丈夫だよ、お父さん負けないから」

皇女の方がまだしも状況を理解しているというのに、ゼンはあくまで豪語をやめない。

(神獣と契約できたなどという万に一つの僥倖《ぎょうこう》のおかげで、気が大きくなっているのであろうな。

それこそ全能感すら覚えるほどに)

同じ魔術師でも〝金剛寺〟で同門たちと切磋琢磨《せっさたくま》し、また偉大な先達たちの存在のおかげで、己の分を知る自分とは大違いだと、シルツは憐《あわ》れむように嘲笑する。

だがその吊《つ》り上がった彼の口角が、すぐに強張《こわば》ることになった。

ゼンが朗々と唱えたからだ。


「そは幻想郷か、妖魔の顎門《あぎと》か――」


と、シルツですら聞いたことのない未知の呪文を。

たちまち周囲に異変が起こった。

シルツたちを遠巻きにするように、地面が遥か見上げるほどの高さへと隆起していき、筒状の壁となって聳《そび》えた。

村人の中には転んだり腰を抜かしたりで、逃げ遅れた者もいたが、全て壁の向こうに見えなくなった。

さらには天さえ閉ざされていき、青空と雲が闇夜の如き漆黒に呑《の》まれていく。

「これであんたはもう逃げられないし、村のみんなを巻き添えにはさせない」

と気負いなく言ってのけるゼン。

残ったのは彼とシルツ、そして皇女とヴァナルガンドのみ。

そう、一切の光明がなくなったにもかかわらず、互いの姿をはっきりと視認できた。

これらはいったい如何《いか》なる不思議か。

「まさか『異界』を創り出したのか……？　人の身で……？　そんな魔術が可能なのか……？」

シルツは声を震わせて独白する。

〝金剛寺〟でも自分より遥かに高位階梯の術僧なら、あるいはそれこそ僧正（魔術師団幹部）クラスならば、不可能ではないかもしれない。

ならばこのゼンは、魔術師として自分を凌駕《りょうが》しているというのか？

（否！　絶対に否だ！　人生の大半を魔術修業に費やしてきたこの俺が、官僚風情の若僧に負けるものかよ！）

シルツは己のプライドを――否、総《すべ》てを懸けてゼンを殺すと決める。

「撃滅せよ、三昧《ざんまい》の真火《しんか》――」

素早く呪文を唱え、魔術の炎で皇女たちごと焼き尽くそうとする。

対してゼンは魔術を使おうともしなかった。

広場に落ちていた大きめの石を素早くひろうと、魔力を込めて迫る炎へ投じる。

するとシルツの炎は生き物の如くその石にまとわりつき、一瞬火勢を強めたかと思うと、消散してしまった。

「それ、相手の魔力を燃料に換えて一緒に燃え尽きる、意地の悪い魔術《やつ》だろ？」

だから別に魔力を持った囮《デコイ》を用意してやれば、簡単に逸《そ》らすことができる——ゼンはそう理屈を説いた。

おまえ程度を相手するのに、魔術を使うまでもない——シルツはそう笑われたように聞こえた。

憤慨し、また別の攻撃魔術を用意しようとする。

だがいち早く、ゼンが剣を構えて突進してきた。

（魔術師のくせに、武器に頼るつもりか⁉）

シルツは仰天したが、やや誤解があった。

「そら法縄《ほうじょう》は、獅子《しし》をも縛る——」

ゼンは剣を振り下ろすと同時に、呪文を唱えていた。

シルツが跳び退《すさ》って斬撃をかわすと読んだ上で、すかさず捕縛の魔術を用い、魔力の縄を左手から投じ、絡め取ろうとしてきたのだ。

初撃をかわすのに全力で跳んでしまったシルツには、このコンビネーションは回避できない。

魔力の縄がこれまた生き物の如く、全身を雁字搦《がんじがら》めにしようとする。

「如何なる檻《おり》も竜を禽《とら》えられじ——」

だが間髪間に合い、シルツは魔術でゼンの縄を霧散させる。

もう一瞬遅ければ完全に拘束されていた。そうなればもうシルツには脱出不可能、捕縛の魔術とはそういう性質だった。

「人懐っこい大地の精だ、遊んでもらえ――」

ゼンはすかさず次の手を打ってくる。

剣を振るうと同時に呪文を唱え、今度は魔術でシルツの足元の地面を泥濘《ぬかるみ》の如く柔らかくして、転ばせようとしてくる。

「縮地瞬転――」

足元をすくわれたシルツは必死で呪文を唱え、魔術で瞬間移動した。

僧正クラスなら数百メートルの距離を転移できると言われているが、シルツは十メートルが限界。でもゼンと一度、間合いを切るだけならそれで充分。

荒くなった呼吸を整える。

わずか二度、剣と魔術を組み合わせたゼンの攻撃を凌ぐのに、恐ろしく神経を消耗させられていた。

〝金剛寺〟の第五階梯の術僧ともあろう自分が、たじたじにさせられていた。

いや、そもそもの話〝金剛寺〟では、武術と同時に魔術を使えなどと教えない。魔術の行使には極度の集中力を要するため、別の何かを同時に行うのは難しいのだ。

このゼンという男は、魔術師として型にはまらない、常識では測れない――少なくともシルツのみならず〝金剛寺〟では――手合いだということだ。

術僧として正道を歩むシルツだからこそ、かえって混乱させられていた。

「……貴様、どこで修業をした？　いったい誰に魔術を習った？」

魔術はあくまで人が編み出した業だ。ゆえに如何な神獣ヴァナルガンドといえど、魔力は貸与できても魔術は教えられない。

しかもこれほどの技倆《ぎりょう》、半可かじりで習得できるものでは絶対にない。仮に筋は確かではなくても、必ず魔術の師がいるはずなのだ。

「昔、ルナシャンティさんっておっかない人に教わったんだよ。キールと契約した僕が、うっかり魔力を暴走させちゃいけないからって、ハインリが〝金剛寺〟のエライさんをわざわざ紹介してくれたんだ」

ゼンがあっさりと口にしたその名前は――

異端で知られた、〝金剛寺〟の先代大僧正だった。

聞いてシルツはサーッと蒼褪めた。

†

「焼滅《しょうめつ》せよ、無情の燎火《りょうか》――」

「万生《ばんしょう》が海より産まれ、万物が帰すだろう――」

二人の魔術師が呪文を唱える。

たちまちシルツが放った炎の波を、ゼンは水の壁を顕現させて食い止める。

剣と魔術を同時に使えるゼンに対し、シルツは二度と白兵戦に持ち込まれないよう、とにかく攻撃魔術を連発する戦法に出ていた。

(第五階梯とか言ってたっけ?　さすがの一言だな)

こちらに踏み込む隙を与えないシルッの魔術の連発速度も、それを続けられる技術と集中力も、〝金剛寺〟の名に泥を塗らない代物であった。堂々たる風格であった。

(比べて僕は本職じゃないからな……)

得意の剣を交えた戦い方ならともかく、こうして純粋な魔術合戦に持ち込まれると、付け焼刃がどこまで通用するものか。

(なんて泣き言は言ってられないけど!)

そう、キールに助太刀を頼むわけにはいかない。

奴隷密売組織から助け出した十二年前、まだ存命だったハインリは、キールがヴァナルガンドの仔と知って、当然親元に送り届けようとした。

しかし助けたゼンに恩義を感じたキールは、帰ろうとはしなかった。幼かったゆえの無邪気さと、本人(本狼?)は恩返しのつもりで、ゼンが気づいた時には勝手に魔力貸与の契約を結んでしまった。

困ったのは皇帝ハインリだ。

我が子を拐《かどわ》かされ、親であるヴァナルガンドの成体が怒り狂わないわけがない。

未だに連れ戻しに来ないのは、恐らく眠っているだけなのだ。不死身の肉体を持つ神獣は、悠久の時間に倦《う》み、年経た個体ほど長く眠り続けると伝えられる。それこそ一度眠ったら、五十年でも百年でも目を覚まさないとも。

だからキールの親が次に目を覚ました時、どんな反応をするかが恐《こわ》い。ただ連れ戻しにくるだけならよし、我が子をさらったカタラン人を憎み、その憎悪を帝国にまで向けてくるかもしれない。「なぜ返そうとしなかったのか」と。

その時はキール自身が事情を説明し、親に口添えしてくれるとはいえ、ゼンとハインリは潔白でなければならない。

あくまで「友情のためにキールが自ら残った」のであり、「神獣の力を利用するために、ゼンたちがキールをだまして残した」と捉えられてはならないのだ。

そのためにもハインリは、ゼンに言った。

魔術の力を濫用しないこと。理性の下にコントロールすること。

キールの力にも可能な限り頼らないこと。

具体的には同じ人外相手（先日のツインテールフォックスのような）に助太刀を頼むことや、敵対的な魔術に対抗するため魔力を借り、ゼン自身が矢面に立って魔術を行使するくらいまでの範囲に留《とど》める。

それを厳守するのならと、キールが帝国に残ることを認めてくれたのだ。

親友とのその約束は、今日でもゼンの中で生きている！

「地母神《ちぼしん》の腕《かいな》はかくも安らかなるか――」

ゼンは魔術で地の壁を作り、シルツの凄まじい稲妻の魔術を阻む。

「雷霆公《らいていこう》の腕は長く素早《すばや》し――」

だがシルツはなお攻撃の圧を高めてくる。

雷撃、衝撃、凍撃、呪撃、炎撃——次々と繰り出される猛攻。

それらをゼンはひたすら防御魔術で凌ぎ続ける。

もしこれを一つでも後ろに通せば、キールはともかくエリシャはひとたまりもない。絶対にミスはできない。

精神的なプレッシャーとシルツの攻撃魔術の重圧に、じりじりと炙《あぶ》られるようにゼンの額に汗がにじむ。

すると——

「『お父様』、失礼します」

背後にいたエリシャが一言断ってから、手を伸ばしてその汗をハンカチで拭ってくれる。

気が利くし、何より冷静だ。

(肝の据わった子だ。この状況でよくぞまあ)

まかり間違えば、何もできずに術殺されてしまうのだ。

普通なら怯えて縮み上がるか、赤子のように泣きじゃくっても仕方ない。

エリシャも皇族なら、〝金剛寺〟の術僧の恐ろしさを全く知らないではないだろうに。

(それだけ僕のことを信頼してくれるってことか)

だったらプレッシャーなんかに負けていられない。

(アネスとハインリの忘れ形見なんだ。今は僕の「娘」なんだ。僕が守らなきゃ誰が守る!)

魂の裡からより一層の魔力を高め、眉間で練り上げる。

「吹けよ風、咆《ほ》えよ嵐――」

「ぬおっ⁉」

風の魔術を用い、シルッが放ってきた万矢の魔術を吹き散らし、さらに勢い余ってシルッ自身へも暴風を叩きつける。

そして風圧で揉《も》みくちゃにされたシルツがたじろいだ隙に、剣を携え突撃する。

腕の一本や二本くらいは、斬り落としてやっても構わない――そのくらいの気迫で斬撃を叩き込む。

相手はまだ十四歳の少女の、暗殺を企《たくら》むような輩《やから》だ。容赦などあるものか!

「そもそも今上は、年端も行かない姪《めい》の命を狙って恥ずかしくないのか? 魔術師団《おまえたち》の力に恃《たの》んで、それで胸を張れるのか?」

「ほざけ。木端《こっぱ》役人が畏くも陛下を謗《そし》るか!」

シルツはゼンの太刀筋を見切り、すんでのところで回避した。

戦いにも長けたタイプの術僧なのだろう。武器の扱い等はともかく、よける、かわすといった体術は鍛えられていると見た。

だがゼンは委細構わず、二度三度と剣を振って追い込む。

「ああ、確かに僕は木端役人だよ。今上に声なんか届くわけがないさ。だけど〝金竜神公〟は、いつだって陛下をご照覧あるぞ!」

初代皇帝ジュリアンの盟友にして、帝国の庇護者《ひごしゃ》であるドラゴンの王もまた、亡き友の約束を今日まで守っている。

もしジュリアン帝の子孫たちに、もはやカタランに君臨する資格ナシと見做《みな》した時は、神にも斉《ひと》しい〝金竜神公〟の魔法により、帝室を滅ぼして欲しい、と。

「それがどうした？　口の端に上らせるのも畏れ多いことだが、〝金竜神公〟だとて今上に完璧をお求めになるわけではなく、歴代皇帝陛下だとて瑕瑾《かきん》すらなきわけでもない――」

シルッは体を右に左に俊敏に振って、斬撃をかわしつつ反論してくる。

「――四代ジェーマ帝は経済に明るかった反面、酒癖だけは悪く、泥酔して女官を八人斬り殺すという事件を起こした。八代リュッケ帝は若い寵姫《ちょうき》に耽溺《たんでき》して政務を放り出し、晩節を汚した。それでも〝金竜神公〟は『帝国を支配する資格ナシ』とまでは見做さなかった！　翻って今上が皇女一人亡き者にしたところで、些細《ささい》なことよ」

「あんたこそ人間の分際で、畏くも竜王の宸襟《しんきん》を量るなよ！」

ゼンの切っ先がシルッの頬をかすめ、ぱっくりと縦に割る。

「〝金竜神公〟がどこまで悪事を見過ごしてくれるものか、いつ堪忍袋の緒が切れるのか――そんなのは何人《おイタ》にもわからない。それがどれほどの恐怖か、今上は正しく理解できているのか⁉」

ゼンは確かに政治に口を出せる身分ではない。

しかしアネスとハインリのことはよく知っている。

二人がどれだけ清廉な治世を執ったか、誰よりよく知っている。

「だとしても俺には関係ない話だ。我ら〝金剛寺〟の術僧は、すなわち今上陛下の道具。それが今上の勅命ならば、何があっても遂行するまでよ」

「だから僕は〝金剛寺《あんたら》〟が嫌いなんだ！　都合が悪くなると、途端に思考停止して恥じ入りもしない！」

思い返すは官吏登用試験に挑んだ、学生時代だ。

設問自体が間違っているという意地悪な課題を出した試験官と、それに対するアネスの言葉だ。


――しかし、確かにお人好《ひとよ》しのゼンには必要な課題だったと思うがね。

――上司が間違った指示を出した時、あるいは帝国が誤った方向に進んだ時、君は素直に従うのかい？

――ゼンはもっと人やルールを疑うことを覚えるべきだよ。


あの時の彼女の言葉が心に根付き、今のゼンがある。

だがこの術僧には、きっと説いても理解できないだろう。

「そろそろ終わりにしよう――」

ゼンは剣を振るいながら、眉間で莫大《ばくだい》な魔力を練り上げていた。

その片鱗を全身から、あたかも荒ぶる猛火の如く一気に噴き出させた。

目の当たりにしてシルツが戦慄する。

純粋な魔術の技倆であれば、術僧たる彼に一日の長があるだろう。

しかし魂の裡に眠らせている魔力の量は、ゼンが凌駕している。

当然だった。

〝金剛寺〟の術僧たちが〝金竜神公〟カタル・カタラナと結んでいるのは、あくまで「従契約」。

まず〝金竜神公〟が時の皇帝の魔力を貸与し、その膨大な魔力を今上が術僧たちに分け与えているのだ。

術僧一人一人にどれだけ貸し与えるかも、いつ打ち切るかも、全ては今上の胸先三寸。

一度、今上を通すことで、〝金剛寺〟が絶対に主君に逆らうことができないシステムというわけだ。

対してゼンがキールと結んでいるのは、純然たる「契約」である。

ヴァナルガンドの幼体であるキールの魔力は、確かに〝金竜神公〟のそれとは足元にも及ばない。

神にも斉しいドラゴンの成体と比べれば、むしろ幻獣魔獣の方に近い。

それでも百人以上いる〝金剛寺〟の術僧たちが受け取る魔力量に比べれば、ゼン一人がキールから預かった魔力の方が遥かに上回っているのが道理。

「ここまで差があるものか……っ」

道理とはいえ実感はまた別の話なのだろう、シルツが瞠目《どうもく》した。

ゼンがもう足を止め、剣も下げ、極大の魔術に集中するそぶりを見せると、シルツも距離をとって魔術の準備に入る。

「ならば我が秘術を以て競わん……！」

冷静さを失った、どこかうれしげな顔つきで口角を吊り上げる。

その精神の働きはゼンにも予想外だったが――こちらの莫大な魔力に対抗するため、シルツもまた一か八かで最大の魔術に一意専心することは読めていた。

だから、

「縮地瞬転──」

とゼンは派手な魔術を使うのではなく、シルツの背後に瞬間移動した。

そして、延髄に手刀を一打ち。

シルツの意識を寸断し、膝から頽《くずお》れさせた。

己の莫大な魔力を敢えてのブラフに使った、ゼンの駆け引きの勝利である。

なんともあっけない幕切れだが、実戦とは得てしてこういうものであることをゼンは知悉《ちしつ》し、術僧のシルツはわかっていなかったという話。

(大方、幻獣魔獣相手としか戦ったことがないんだろうね)

純粋な魔術の腕前ではシルツが長じていたが、戦いに関する総合的な技術と経験ではゼンに軍配が上がったのであった。

†

昏倒《こんとう》したシルツをゼンが魔術で捕縛していると、キールが傍《そば》まで来て言った。

『殺してしまえば、もっと簡単だったのではないか?』

「人殺しなんてやだよ!」

精神《メンタリズム》の在り方の根底が人間と神獣で違うのは承知の上で、ゼンは抗議した。

もちろんゼンも帝国官僚の端くれだから、軍や兵部省《へいぶしょう》への転属辞令があれば否やはない。そこで上司の命令があれば（無法・無用でもない限り）戦争にも行くし、当然殺しもする。

だが自分の意思を罷《まか》り通せる場合であれば、そんなの絶対ゴメンだった。

「それに他に仲間がいないか、聞き出す必要もあったしね」

『なるほど、それは道理だ』

ゼンはワッルい顔になって、キールとうなずき合う。

でもそれもわずかのこと。暗殺者から守り切ることができて、安堵《あんど》の表情でエリシャを振り返る。

そのエリシャはへなへなと腰を抜かしながら、

「ご、ご無事でよかったです、『お父様』……っ」

「エリシャこそ無事⁉」

いきなりその場に倒れ込んでしまったエリシャに、ゼンは慌てて駆け寄った。

「あ、安心したら気が抜けました……」

ゼンが上体を抱え起こすと、エリシャは泣き笑いになって言った。

そう、もうボロボロに涙を溢れさせていた。

シルツの恐るべき攻撃魔術と殺意を向けられていた間は、泣きも騒ぎもしなかったのに。

「もし襲撃を受けた時は、誰よりも落ち着いて澄まし顔でいなさいって、幼いころから言われて育ちましたから。じゃないと警護してくれる方々にまで、不安が伝染してしまいますから」

エリシャは拭っても拭っても止まらない涙を隠しながら、恥ずかしそうに言った。

さすがは皇女殿下だ。素晴らしい胆力だ。

でもやっぱりまだ十四の少女なのだ。本当は恐ろしくてならなかったのだ。

「心配させて、ごめん……」

「いいえ、いいえ、『お父様』。きっと命に代えても守ってくださると、信じてました。ただ本当にお命に代えてしまわれるのではないかと、それが恐かったのです」

エリシャが案じていたのはあくまでゼンの方の無事だったのだと、「娘心」が痛いほどに伝わった。

そして、エリシャは続けた。

「今上陛下がまさか〝金剛寺〟の刺客を差し向けてくるとは、思っていませんでした……。そこまで本気でわたしを葬りたいとお考えだったなんて、思いもしませんでした……。正直、楽観していました……。自分の甘さが許せないです……」

「いいんだ。いいんだよ、エリシャ。そんなのは気にしなくて」

頭がおかしいのは今上の方だ。

皇女とはいえ十四歳の姪に、こんな台詞《せりふ》を言わせる愚帝の方だ。

なのに、

「よくないです！　これ以上、ゼン様を巻き込むわけにはいきませんっ。次はもっと恐ろしい魔術師が来るかもしれませんっ。だから……だから……どうか、わたしの護衛なんてやめて、ご自分のためだけに生きてください……っ」

エリシャはゼンの胸に縋りつくと、懸命に訴えてきた。

「ゼン様はもうお仕事なんて懲り懲りなのでしょう？　楽な余生をすごしたいのでしょう？　だったら厄介な皇女のお守りなんて、もうやめるべきです！　シァラ様にはわたしから説明いたします。新しい護衛の方も探してもらいます。だから、だから、だからっ……………どうか……」

最後はもう言葉にならず、いよいよ泣きじゃくるエリシャ。

そんな少女を抱き寄せ、ゼンは答えた。


「父親が娘を守るのは仕事なんかじゃないよ、エリシャ」


本当の父親ではないけれど、本当に父親になったつもりで、嚙《か》んで含めるように言う。

「それに苦労にもいろいろあるもんだ。僕はどうにも生活力がなくて、実家を出て暮らすのは決して楽じゃなかったけど――それでもエリシャと毎日、楽しかったよ。こういう苦労なら歓迎だし、これだって優雅な余生だよ」

今日までの様々な失敗を反芻《はんすう》しては、苦笑いを浮かべる。

同時に温かい気持ちで満たされる。

「エリシャはどう？　楽しくなかった？」

訊ねると、エリシャはゼンの胸に顔を埋《うず》めたまま、ぶんぶんと左右に振った。

「じゃあいいじゃないか。このまま続けよう」

「よくないです！　きっとまた暗殺者がやってきます！」

「うーん。それも確かに楽じゃないけど……」

「楽とかどうとかいう話ではないでしょうっ。命に係わる問題なんですよっ」

「じゃあ係わらないから問題ないね」

ゼンはイタズラっ子のような顔になって言った。

エリシャは「え？」と顔を上げて放心した。

「仮に〝金剛寺〟の奴らが全員攻めてきたってお父さん、負けないよ？　まあ勝てもしないんだけど、エリシャ一人を抱えて地の果てまで逃げるくらい、どうってことないよ。任せてよ」

この場凌ぎの言葉ではなく、全き本心からゼンは言う。

「僕はよくお人好しだと言われるんだけど……こう見えてけっこうちゃっかりしてるし、したたかなんだよ？　なんせとんでもない兄姉に揉まれて育ったからね！」

「……シァラ様たち仕込みなら、説得力ありますね」

最後冗談めかしたゼンに、エリシャが無理やりといった様子で笑った。

それでも笑顔を見せてくれたことに、ゼンは安心する。

「まあ、そういうわけでさ。とんでもない年始になっちゃったし、頼りない父かもしれないけど、今年もよろしく」

「はい、『お父様』。本当はわたしも一緒がいいです。『お父様』の傍が一番安心します」

そう言ってエリシャはもう一度、ゼンの胸へ顔を埋めるようにしがみついてきた。

エピローグ

「ゼンの奴め……、ようやく手紙を書いたかと思ったら、とんでもないものまで一緒によこしてきおって」

「そんなうれしげな顔でぼやくくらいなら、素直に喜んだらどうだ？」

いつまでも経っても子供な妹シァラを、長兄ヨヒアは窘《たしな》めた。

リードン家の本邸は、彼の書斎のことである。

なおシァラのいう「とんでもないもの」とは、魔術でずっと仮死状態にされたシルツという名の術僧である。

輸送にはナザルフ県令キュンメルに仕える騎士が、責任を持って当たってくれた。

「まさかこんなにも早く、皇女殿下の居場所を突き止められるとは思わなかったな」

「不幸中の幸いは、他の術僧どもには伝わっていないことだよ、兄上」

「功名に逸《はや》ったシルツ君とやらの、スタンドプレイのおかげだな」

ゼンがよこした手紙にも、キールがシルツの頭の中を調べたので確実だとあった。

また手紙には、

『シルツの身柄を送るので、後処理お願いします。実家に頼る情けない弟でごめんなさい』

と書き添えられていた。

シァラはヨヒアの書斎机に行儀悪く尻を置き、手紙をひらひらさせながら、

「しゃらくさい弟だよ。何が情けないものか！」

「ああ、私たちの期待通りだ」

と滅多に笑わない冷淡なヨヒアも、これにはにっこりとさせられた。

神獣と契約し、〝金剛寺《こんごうじ》〟の先代大僧正に師事したゼンならば、たとえ術僧たちが刺客として送られてきても、必ず皇女殿下を守り通すと信じていた。

「まあ殿下をお守りするだけなら、ワタシにだって可能ではあるが――」

「シァラでは辺境の村で、殿下と家庭を築くのが不可能だろう」

ゼンは生活力弱者かもしれないが、この妹はそれを通り越した生活力破綻者だ。身の回りの世話をしてくれる者がいなければ、赤ん坊みたいに生きていけないのである。

そして弱者は鍛えればいつかモノになるが、破綻者に改善は永遠に見込めない。

「フン！　それを言うなら兄上こそ家庭を築くどころか、冷血漢でエリシャ殿下も心を開いてはくれまいよ」

「まあ異論はない」

自分が公人として畏敬を勝ち得ることはできても、私人として愛情を向けてもらえる為人《ひととなり》ではないのは、ヨヒア自身がよく知っていた。

「殿下を匿《かくま》い、警護するに、結局ゼン以上の適任はいないのだよ」

「あいつはなんでも卒なくこなすし、誰からも好かれるしなあ」

確かにゼンには、ヨヒアたちのような傑出した才覚はない。

でも強い光は影もまた濃くするように、ヨヒアたちは能力や性格にたっぷり難も持っている。一方、ゼンには短所というものがまるで見当たらない。能力・人格ともに恐ろしくバランスがとれているのだ。

世間ではゼンのことを自分たち兄姉の出涸《でが》らしだとか、リードン家の面汚しだとか面白おかしく言われているが、ヨヒアらに言わせればとんでもない話だ。

そう――

自分たち兄姉は、ゼンのことを極めて高く評価している。

「そもそもゼンが出涸らし呼ばわりされる理由の半分は、兄上のせいだからな？」

「出世させなかったのも、わざといろいろな部署をたらい回しにさせたのも、ゼンの能力の問題ではなく私の計画のうちだからね」

ヨヒアは悪びれることなく肯定した。

以前、主税局の室長がそうだったように――実はゼンの直属の上司の中には、ゼンを評価する声も引き留めたいという要望も少なくはなかったのだ。しかしヨヒアが人事を司る式部尚書の権限をフル活用して、弟の役人人生を滅茶苦茶にしたのだ。

なぜか？　もちろん帝国の未来のためだ。

ありとあらゆる部署でゼンに下積みをさせて、六省の仕事の全貌を把握させるためだ。

「本当に器用な奴だよ、あいつは。ワタシだったら事務方でチマチマした数字を追っかけるなんて、三日で脳が破壊される！　きっとその前に鉄拳ごと上司に辞表を叩《たた》きつける」

「私も兵部《ひょうぶ》や刑部《ぎょうぶ》の前線で指揮を執るのは不可能だろうね」

他ならぬ末弟が器用貧乏どころか、いわば器用富豪ともいえる才覚を持っていたからこそ、ヨヒアも敢《あ》えて無茶苦茶なやり方で現場経験を積ませたのだ。

「『六省の職務全てを会得できる万能性』と『万人に好かれる人柄』――この二つはまさに宰相に求められる資質だ」

「兄上の仰《おっしゃ》る通り。ゼンこそいずれは我ら兄姉の上に立つ器ぞ」


ヨヒアたちのように尖《とが》った天賦を持っている者は、尚書（大臣）が適格。

その長たる宰相は、人材を使いこなすのが本分である。

ヨヒアたちはそう思えばこそ、長い目で見てゼンを育てているのである。

余人に及ばぬ高さの、天下国家の視座で。

そして、ゼンを中央から遠ざけた今でも、宰相教育は続いていた。

「私利私欲にしか目のゆかない、暗愚に帝国は任せられない。ジェーマ二世には遠からず、退位していただく」

「そう、ご聡明《そうめい》なるエリシャ様こそ大カタランの女帝に相応《ふさわ》しい」

「殿下がご登極された暁には、その隣に殿下のための宰相が立っている必要がある」

「そのためのゼンだ。ぜひ田舎でのんびりと、信頼関係を育んでいただきたいものだ」

うなずき合うヨヒアとシァラ。

こうして折に触れ、兄妹で意見を確認し合うのは必要なことだった。

互いに知恵者であり、行動力も優れているからこそ、少しの意識のズレが致命的なエラーに発展しかねないからだ。

それでは今上や手強い宰相一派と戦い、引きずり下ろすことはできないからだ。

五年。あるいは十年で宮廷の体制を整え、必ずエリシャを呼び戻す。

「叶《かな》うならばそれまでに、ゼンとエリシャ殿下の間でお世継ぎが生まれていれば、リードン家も安泰というものだが」

「それは望みすぎ――いや気が急《せ》きすぎだ、兄上」

ほら、気をつけなければすぐズレが出る。

滅多に笑わないヨヒアが苦笑いを浮かべ、呆《あき》れ顔の妹へ「確かに」と意見を寄せた。

†

しかし兄姉の心、弟知らずというもので――

「仕事行きたくないよぉ……。働きたくないよぉ……」

ゼンは朝っぱらから子供みたいにグズっていた。

居間の暖炉の前で丸くなっているキールに、延々ちょっかいを出していた。さっき丹念にブラッシングしてモフモフ度二割増しになった毛並みに、顔を突っ込んで頬ずりしていた。

『……さすがに気が抜けすぎではないか、ゼン？』

朝の寝坊を邪魔されたキールが、迷惑げな声になって言う。

「仕方ないだろ、抜けもするよ誰だって」

ゼンはあくまで不可抗力だと主張する。

まず〝金剛寺〟の刺客から、首尾よくエリシャを守り切れたことが大きい。

しかも面倒な後始末は兄姉たちにまるっと押し付けた。

シルツの姿を目撃された、トッド村の住民に対するアフターケアもバッチリだ。

「帝都のころからエリシャに付きまとっていたストーカーなんです」

「まさかこんな遠くまで追ってくるとは、びっくりしました」

――とゼンが嘘八百《うそはっぴゃく》を並べ立てたら、

「エリシャちゃんはとびきりの美人だもの、男も思い詰めちまったんだろうねえ」

「都会は恐《こわ》いところだねえ。ゼンさんも大変だったねえ」

――と皆が理解してくれて、同情してくれた。

まあ、「実はあいつは今上陛下が差し向けた魔術師で暗殺者なんです」と真実を言った方が、誰も信じなかっただろうが！

ゼンがシルッと戦うところも、ゼンの魔術で創った「異界」内でのことなので、誰にも目撃されていない。村人からはゼンたちが神隠しにでもあったかのように、忽然《こつぜん》と消えたように見えただろう。その突如いなくなった件だって、頓着している者はいない。誰もが広場から逃げるのでパニックになっていたところだ、周りを観察する余裕なんてなかったし、記憶が曖昧になっているのだ。

ともかくストーカー野郎は無事捕まって、県令閣下が裁いてくださったとゼンは方々に触れ回った（なおそのキュンメルには、兄ヨヒアから書状で上手く説明してもらう手筈《てはず》だ）。

かくして一件落着――となるはずだったが、思わぬ余得までついてきた。

役場部長のトウモンが噂《うわさ》を聞きつけ、わざわざ家まで訪ねてきてくれて、

「年明け早々災難だったねえ、ゼン君」

「娘さんもさぞやショックが大きいことだろう」

「この年頃のお嬢さんの、繊細さを軽く見てはいけないよ、チミ」

――とさすがの年長者の達見を聞かせてくれた後、

「だから娘さんのショックがすっかり収まるまで、ゼン君が家で面倒を見てあげたまえ」

「うん、それがいい。ワシの権限でちゃんと公休扱いにしてあげるから」

「二週間でも三週間でも、親子水入らずでゆっくりするといい」

――とまで言ってくれたのである！！！

こんな素晴らしい上司と巡り合えた僥倖《ぎょうこう》を、ゼンは天と長兄に感謝せずにいられなかった。

もちろん真実はゼンに手柄を立てさせたくないトウモンが（略）。

とまれそういう事情で、ゼンは望外の休日を手に入れてしまったのだ。

ただでさえトッド村役場の年末年始休暇は長い――中央官庁にいたゼンからすれば信じられないほど――というのに、プラス三週間のボーナス。

こんなにダラダラした生活を続けてしまったら、もうこのままずっと働きたくなくなるのは自然な人情だった。

「さすがにそろそろ出勤しなくちゃなあ」と思っても、踏ん切りがつかないのは当然だった。

すっかり気が抜けてしまっても、誰からも責められる謂《いわ》れはなかった。

『いや働け。娘のためにも』

「そんな真顔でツッコむなよぉ……。現実逃避させてくれよぉ……」

ゼンはなおグズり続け、批難の眼差しを突き刺してくるキールをスルーし、その毛並みへ顔を埋《うず》めてモフり続ける。

『情けないことばっかり言って、エリシャに聞かれたらどうする気だ？』

「聞こえないよぉ。エリシャはお利口さんだから、朝ご飯作ってくれてるもんねぇ」

「いいえ、『お父様』。聞こえていますよ」

台所にいるはずのエリシャが居間に来て、ゼンはギクリとさせられた。

「『お父様』がそんなに働きたくないのでしたら、仕方ありませんね。わたしが内職でも探して、家計を支えます」

「冗談だよエリシャ僕が悪かった今日から出勤するから安心して！」

憂い顔になって頬に手を当てるエリシャに、ゼンは超早口になってまくし立てる。

畏《かしこ》くも皇女殿下に内職をさせていただなどと、後で姉シァラに知られたらぶっ殺される。

『……というよりもゼンは案外、嫁を迎えたら尻に敷かれるタイプだな』

「まあそのお嫁さんの当てが全然ないんだけどね」

『お、そうだな』

含みのあるキールの言い方に、ゼンは首を傾げる。

一方、エリシャはくすくすと忍び笑いしながら、

「『お父様』は責任感がお強いだけですよね。ええ、役場をクビにならずに済みそうで、安心しました」

「エリシャを路頭に迷わせるわけにはいかないからねっ」

つい先日あれだけエラソーに父親ヅラして「守る」と言ったばかりなのに、そんな羽目になったら格好悪いなんてレベルじゃない。

「では美味《おい》しい朝ご飯ができましたから、いっぱい食べて、お仕事頑張ってくださいね」

「いつもありがとう、エリシャ」

なんてデキた娘を持ったのだろうかと、ゼンはつくづく噛《か》みしめる。

村に来た当初は皇女殿下に家事なんてさせられないと思っていたのに、今やすっかり頼ることが増えてしまった。

(働きたくないなんて甘えだったたっ。エリシャのために僕は頑張るぞっ)

そんな想いを新たにしつつ、エリシャについて台所へ向かう。

さらに後をついてくるキールが、『やっぱりコントロールされてるじゃないか』とばかりの顔をしているのにも気づかずに。

そして二人と一頭で朝食を摂る。

コツをつかんだのか、最近のエリシャは料理の腕をメキメキ上げていて、レパートリーも増えた。

今朝は乾麵を茹《ゆ》で、挽肉《ひきにく》を使ったソースをたっぷり絡めたものが絶品だった。ゼンは朝からお代わりをしてしまった。

「さらに三杯目も行っちゃおうかなあ。さすがに太るかなあ」

「食べた分だけ、いっぱいお仕事なさったら大丈夫ですよ」

「……なんか今日のエリシャ、なんでも僕の仕事に結びつけようとしていない？」

『ようやく気づいたか』

「朝から働きたくないってグズっている自分の『親』の姿を目の当たりにした、『娘』の不安な気持ち、わかってもらえますか？」

「ごめんね僕が全面的に悪かったね！」

ゼンが食卓に打ち付けるように頭を下げると、エリシャが「冗談ですよ」と忍び笑いを漏らした。

それでゼンも顔を上げ、照れ笑いになった。

これが今の自分にとっての、朝の団欒《だんらん》。

去年から始まり、今年も続くトッド村での新生活。

だけど玄関のドアを激しくノックする音が聞こえてきて、ゆっくりもしていられなくなる。

「こんな早朝から誰だろう？」

怪訝《けげん》に思いつつゼンは席を立ち、玄関に向かってドアを開ける。

「ゼンさん、さすがにそろそろ出勤してくれ！」

「よ、四人じゃ役場が回らないんですよ……」

「例のストーカー騒ぎで新年のお祭りが中断になったでしょ？　だからやり直したい、でもイレギュラーだから今度は役場で仕切ってくれって陳情が、日に日に増えてて大変なの！」

「言うてオレらもノウハウなんてないし、あっぷあっぷなんだよ！」

「よ、予算の計算とかスケジュール調整とか、ゼンさんきっとお得意ですよね？」

「各部署の折衝とか村の人たちの意見まとめとかはアタシたちでやるから、助けてお願い！」

そう口々に言い募ってきたのはもちろん、マックス・ナムナム・アンナの同僚三人だった。

「あらあら、『お父様』ったら頼りにされてますね」

遅れて玄関に来たエリシャが、如何《いか》にも鼻が高いという様子で微笑んだ。

「ごめん、三杯目どころじゃなくなった。というか今日はお昼前に帰るのは無理かも」

「ではお弁当をお届けしますね」

「ありがとう、ホント助かる」

同僚三人には先に役場へ行くように言って、ゼンは自分の出勤準備を急ぐ。

「ちなみにわたしも、お祭りをやり直したいに一票ですね」

「そう？　じゃあできるようにお父さん、頑張るよ。公私混同ギミだけど」

「いえいえ、これも歴とした民意ですから」

そんな冗談を交わしながら、玄関に立ったゼンをエリシャが見送ってくれる。

「もしやり直しができたら、またわたしと踊ってくださいね」

「しょうがないね。あれじゃまだ踊り足りなかったよね」

ゼンが訊《たず》ねると、エリシャは笑って答えた。

そう——どこか学生時代のアネスを彷彿《ほうふつ》させるイタズラっぽさと、アネスにはなかった上品さを混淆《こんこう》させた微笑を湛《たた》えて、

「はい。ですから今度はちゃんとつき合ってくださいね。日が沈むまで」

「え、それって——」

あとがき

皆様、はじめまして。あるいはお久しぶりです、あわむら赤光です。

今作「宰相の器を持つ小役人の、辺境のんびりスローライフ」をお手にとっていただき、誠にありがとうございます。

文武両道が当たり前レベルの超官僚主義国家で、中央官庁のバリキャリ役人である主人公が、もし（特殊事情で）辺境に左遷されたらどうなるか？

きっと周囲にいろいろ頼られまくるだろうし、でも本人からすればド田舎の役場なんて暇すぎて毎日のんびりできて楽しくて幸せ！

——ってなるだろうなあと想像し、物語にしてみたいと温めていたアイデアを、このたび刊行していただけることになりました。

普段、僕はGA文庫さんで執筆しているのですが、ご縁あってDREノベルスさんとお仕事をご一緒した形です。

というのも僕のデビュー作で、イラストレーターのせんむ先生との仲立ちに入ってくださった編集さんが、現在はDREノベルスの編集長を務めておられるのです。さらにその方は、僕の友人である鳥羽徹さん（『天才王子の赤字国家再生術』面白いですよ！）と海空りくさん（『カノジョの妹とキスをした。』面白いですよ！）の担当編集でもいらっしゃいましたので、僕も交ざってよく食事に連れていっていただいたりと、ずっと可愛がってもらっております。ですので「ＤＲＥノベルスでも書いてよ！」とお誘いいただき、二つ返事で了承した次第でございます。

小説の構想を練る、執筆をする、という点ではどこでお仕事しても同じなのですが、新しい担当編集さんにご指導いただいたり、著者校正とか契約書の結び方がハイテクだったりと微妙に勝手が違い、いろいろ新鮮な部分もあって楽しかったです。人生、日々感謝です。

というわけで、謝辞のコーナーに参ります！

まずは温かみ溢れるカバーイラストで心和ませてくださいました、ＴＡＰＩ岡様。しかもゼンの青い制服がめちゃくちゃ格好良くて、中のイラストも全部カラーだったらいいのに……と無茶、不可能なのは承知で思ってしまいました！

全力が出せるよう僕ファーストでたくさん合わせてくださいました、担当編集の阿部様。またお仕事ご一緒しましょうと誘ってくださいました、小原編集長。

そして、勿論、この本を手にとってくださった、読者の皆様、一人一人に。

広島から最大級の愛を込めて。ありがとうございます！

２巻でもゼンは頼られまくったり、汚職事件に巻き込まれたりしつつ、しかし当人的にはのんびりと、周囲からしたらハイスピード解決していきます。乞うご期待であります！

DRE NOVELS

宰相の器を持つ小役人の、辺境のんびりスローライフ

～出世できず左遷されたはずが、なぜか周りから頼られまくっています～

2024年 9月 10日　初版第一刷発行

著者　あわむら赤光

発行者　宮崎誠司

発行所　株式会社ドリコム
〒141-6019　東京都品川区大崎 2-1-1
TEL　050-3101-9968

発売元　株式会社星雲社（共同出版社・流通責任出版社）
〒112-0005　東京都文京区水道 1-3-30
TEL　03-3868-3275

担当編集　阿部桜子・小原豪

装丁　AFTERGLOW

印刷所　TOPPANクロレ株式会社

ISBN978-4-434-34435-0

ファンレター、作品のご感想をお待ちしております。
右の二次元コードから専用フォームにアクセスし、作品と宛先を入力の上、
コメントをお寄せ下さい。
※アクセスの際に発生する通信費等はご負担ください。